おめでたい人

寺井奈緒美

もくじ

一富士

二鷹

三茄子

一　富士

おめでたい人

　プロフィールを求められると、生まれ年や出身のあとに「趣味は粘土で縁起のよい人形をつくること」と書くのが定番となっている。ときに「歌人で土人形作家でもある寺井さん」と紹介してもらうこともあり、紹介してもらう分にはありがたいのだけれど、自己流で招き猫など作っているだけのこと。材料も工作用のオーブン粘土だ。代々継承されている伏見人形や中野土人形のような伝統工芸の職人に憧れているだけに、自分で名乗るのは土人形界に不法侵入しているような後ろめたさがある。

　どちらかといえば、おかんアート界の方が親近感が湧く。ひっそり末席に座っていてもおかんたちは気にも留めないのではないかという、おおらかな雰囲気がある。おかんアートとは、ウィキペディアによると「主に中高年の主婦（母親＝おかん）が余暇を利用して創作する自宅装飾用芸術作品の総称」のこと。たまに定食屋や郵便局のカウンターに飾ってある、折ったチラシを組み合わせて作ったフクロウや、毛糸で作った犬、軍手で作ったキティちゃんもどきの人形もおかんアートに入るようだ。純粋に作りたい、誰かに喜んでもらいたいというパッションのままに生み出された素朴でキッチュな人形たち。あと二、三〇年作り続けたら私の土人形もおかんの風格が醸し出されるだろうかと、将来の楽しみでもある。

「縁起のよい人形をつくること」の「縁起のよい」の部分についても、疑問を感じる出来事があった。「海老」はカーブした形や赤い尻尾が映えるのでよく作るモチーフだ。「曲がった腰と長いひげ」から長寿の象徴とされる。しかし先日、職場の二〇代の同僚たちが「長生きはしたくないな」「人に迷惑かけたくないよね」と話しているのを聞いてしまったのだ。たしかに土人形が重宝された江戸や明治と比べると、倍くらい平均寿命が伸びている。「長生き=良いこと」という価値観は過去のものなのかもしれない。長生きが悪とは思わないけれど、なるほどぽっくり往生できると謳われる「ぽっくり地蔵」が全国各地にあるのも頷ける。今までは栗のモチーフを「勝栗」として勝負ごとに良いとしてきたけれど、これからは「ぽっ栗」の語呂合わせで売り出した方が需要がありそうである。人に迷惑をかけてまで長生きしたくないと思いながらも、祖父母に会ったときには「長生きしてね」と声を掛けるであろう心優しい彼女たちを想像したら、なんだか切なくなった。

海老といえば、沼エビを全滅させたことがある。池で獲ってきて睡蓮鉢に入れ可愛がっていたのだが、良かれと思って買い与えた水草の残留農薬がいけなかった。流水ですすいでから入れたのだけれど、沼エビの繊細さを軽くみていたらしい。なので私の中のリアル海老は儚く、短命のイメージだ。水草にくっついてきて勝手に繁殖したスネールという巻貝の方がよほど「長寿」で、どんなに水が濁ってもしぶとく生きたのだった。

正岡子規に、〈元日に海老の死骸のおもしろや〉という句がある。「元日」「海老」まではおめでたいのに、その後に突如現る「死骸」という言葉にぎょっとする。〝まめ〟に働く」黒豆や「明るい見通し」のれんこんなど、おせち料理の中身はすべて縁起ものであると教わった。けれどこの句を読むと、重箱の中央にドンと海老の「死」が横たわっていることに気づかされる。今までも見えていたはずなのに。これまで無意識に「おめでたさ」から排除してきたものについて考えてしまう。弱小ながら「おめでたさ」の恩恵を受けて商売している身としては、子規にインチキを見抜かれて「おもしろや～」と笑われている気がした。

だんだん「縁起」って何なのかわからなくなってきた。試しに「縁起」と検索してみたら、仏教用語の「縁起」は「全ての現象は、原因や条件が相互に関係しあって成立しているものであって独立自存のものではなく、条件や原因がなくなれば結果も自ずからなくなるということ」と出てきた。うん、頭に入ってこない。余計にわからなくなってしまった。いくら物事にあれこれ意味づけしようと、この世に実態などないのだから縁起担ぎなんて意味がなくなってしまう。それは、困る。私はまだおめでたさに執着したいのだ。

「パーティー」という言葉が好きだ。「お好み焼きパーティーしよう」「餃子パーティーだ」と何かにつけ食べ物に「パーティー」という言葉をくっつけてきた。といっても社交性や計画性に欠けるため、人を呼ぶようなパーティーを開催したことは一度もない。ただ、ホットプレートでお好み焼きや餃子を焼いて、ありがたがって食べるだけだ。単に「パーティー」という言葉の持つ、おめでたくてスペシャルな気分を享受したいだけなのである。そういう意味で私の中で「縁起」と「パーティー」は似ている。

「パーティー」はラテン語の「パルティータ」が語源で、「分ける」「分けられたもの」

という意味らしい。だから特別な日じゃなくても参加者が自分ひとりだけでも、日常から分けられてさえいればそれは「パーティー」と言って差し支えないはずだ。個人的に規模が小さければ小さいほど好ましい。やってみたいと思うのは、お弁当用のちっこいハンバーグやコーンクリームコロッケを思う存分食べる「冷凍食品パーティー」、冷蔵庫の隅に眠る紅生姜やワサビを活躍させる「小袋パーティー」。実際にやったことがあるのは、ひたすら練り物を炙って食べる「練りパ」。正月にやったのだけれど、おせち料理と比べると手軽でちょうど良いパーティーだった。

「ガーデンパーティー」みたいに、場所と「パーティー」の組み合わせも可能なら、夕暮れの河川敷で鷺やカモを眺めながらしっとり缶チューハイを飲む「川パーティー」。あるいは芝生の公園でカップに入った野菜スティックをディップして食べる「草上パーティー」なんてのも、うさぎ気分が味わえて楽しそうだ。

先日、立ち寄ったミニストップで、ハムサンドイッチとXフライドポテト、タイの焼鳥ガイヤーンと完熟白桃パフェを買って、入口横に置かれたベンチで食べることにした。こうして外で食べるだけでも、日常とは分けられた感じがする。立派な「ミニストップパーティー」である。パーティー参加者のSと、「『タイの焼鳥ガイヤーン』ってさ、特撮に出てくる怪人でいそうだよね」「台風鳥人ガイヤーン！」と戯言を言い合いながら乾いたバス通りを眺めた（ちなみにSと私は二人暮らしをしている。気軽にパーティーに誘える唯一の相手だ）。タイといえば半人半鳥の神様・ガルーダ像が印象的だが、「台風鳥人ガイヤーン」のビジュアルイメージにピッタリである。

タイでは縁起物としてカラフルな闘鶏の置物が親しまれているが、日本でも鶏は「幸せや運気を〝とり〟こむ」から縁起が良いとされる。きっとどこの国の人も、あの炎のようなトサカを見ていると底知れぬパワーを感じるものなのだろう。神様と怪人はどこか似ている。もしかして神様界から排除された者たちが、怪人になるんじゃないか。

Xフライドポテトはあつあつのうちに食べたいし、白桃パフェは溶けないうちに食べたいので、交互に食べた。パフェは冷凍の完熟桃が使用されていて、ちゃんとみずみずしくておいしい。この桃なら「邪気を払う」パワーも健在だろう。ポテトからこぼれたカレー塩がTシャツの上で光っている。夏の太陽がじりじりと照り付け、襟足から汗が垂れる。甘くて冷たいものやしょっぱくて複雑な味のものを食べて、口の中が混沌としてきた。しまった、白桃パフェは食後に買いに行けばよかったんだな。〆にサンドイッチって微妙だ。脳内では「台風鳥人ガイヤーン」がバッサバッサと翼を動かして、次々と台風を生み出している。ああ、私はパーティーピープルになれるような明るい人間ではありません。でも、おめでたい人になりたい。どうか、おめでたく生きる力をください。そうガイヤーンに祈った。

コンビニで買える祝祭　青空に鳥の死の串刺しを掲げる

極龍神

とうとう携帯電話を買い替えることとなった。iPhone15が販売中の現在、私のは6だ。半分以下なのでそれなりに古い。基本的には問題なく使えるものの、ゲームアプリには「この機種には対応していません」と言われてしまい仲間外れみたいで寂しかった。何より困るのが、ちょっと動画を見るだけで携帯がひどく熱をもってくることだ。無理をさせてごめんと罪悪感が湧いてくる。ちなみにこの状態のことを愛知県出身者は「携帯がちんちんになる」と表現するのだけれど、決してふざけている訳じゃないということを書き留めておきたい。

先日もちんちんになってきたので、そうだ、冷凍庫の中に冷却ジェル枕があったから、その上で冷やそうと思い立った。ジェル枕をタオルでくるんで携帯を置くとすっかり満足してしばらくそのことを忘れていた。ふと見ると携帯がびしょびしょに濡れている。しまった、結露か。携帯を思い遣って気を利かせたつもりが、こんなことなら構わず放っておけばよかった。びしょびしょよりはちんちんの方がマシである。慌てて水滴を拭いて扇風機で乾かすと、どうやら問題なく使えるようでホッとした。しかし、携帯の内部の基盤のところにも水滴が溜まっているとしたら壊れるのも時間の問題かもしれない。これは踏ん切りをつけるための良い機会だったと思い、ついに重い腰をあげることになった。

新しい携帯は、iPhone6とサイズも使い方も似ていて馴染みやすそうなiPhone SEを選んだ。契約手続きを済ませたあと、近くにある家電量販店に携帯のケースを買いに行くことにした。私は手がクレーンゲームのアームかという程ゆるゆるで、しょっちゅう物を落とす。前回は「ZEROSHOCK」という衝撃吸収構造のゴツいケースを愛用していたのだが、落とすたびに角が砕けて原型をとどめなくなっていた。自らを欠損させてまで携帯を守り抜くケースの生き様は切なくも尊い。ついには四つの角を全て失い、ケースを持つと中身がずるずると滑り落ちる有様だった。

ようやくケースを新調できるのが、携帯を変えたこと以上に嬉しい。iPhone15ほどではないがSE用のコーナーも棚一列分はあり、シンプルで頑丈そうなものを選んでカゴに入れた。若い頃は家電量販店以外にもロフトやハンズなどあちこち巡ってお気に入りを見つけたが、体力も精神力もなき今、目の前にある選択肢から選んだものを正解と思い込むしかない。次は、画面の保護フィルムコーナーに向かう。

なんだここは……私のテンションは一気に上がった。保護フィルムってこんな感じだったっけと目を疑うほど、実に華やかなのだ。ひとつひとつの保護フィルムは金を基調とした立派な箱に入っていて、箱には富士山、松、力士など、縁起の良いモチーフが描かれている。中でも目を奪われたのが、「GOD GLASS 覇獅神～堅守～」「GOD GLASS 超凰神～不壊～」と題された神シリーズだ。箱にはそれぞれ、神々しい光を放つライオンと鳳凰が描かれている。極め付きは「GOD GLASS 極龍神～無境～」。「無境」を調べてみると、「逆境のときこそ真の機会である」という意味らしい。携帯を落としてしまい、もう終わった……と思ったときにこそ龍神様は現れ、奇跡を起こして民を救ってくださるのだろう。さらには、フィルムの薄さにもかかっているのだから、完璧なネーミングである。

もしも私が保護フィルムメーカーの社員だったとしたら、新作に何の動物を提案するだろうと想像する。ライオンにも勝つことができる強い動物といえば、猛毒を持つキングコブラはどうだろうか？　干支にも入っている「蛇」は脱皮を繰り返すことから復活と再生の象徴。まさに保護フィルムにピッタリだ。「GOD GLASS 帝蛇神～輪廻～」。おお、めちゃくちゃカッコいい！　なんだろう、字面を見ているとゾクゾクする。酔いしれるような万能感がみなぎり、保護フィルムメーカー社員の適性がある気がしてきた。

反対に、弱そうな動物ならどうか。同じく干支に入っている「兎」は「免《まぬが》れる」という漢字に似ていることから悪運退散のモチーフ。これまた保護フィルム向きの動物である。「GOD GLASS 冠兎神～朧月～」うん、なかなか悪くない。強さはないが覗き見防止やブルーライトカットのフィルムには合いそうだ。動物とそれっぽい二字熟語をはめ込んだだけでそれなりによく感じるので、フォーマットが最強なだけかもしれない。

改めて他の棚も見てみると、和の龍がいれば洋風のドラゴンもいて、「ドラゴントレイル」は口から光線を放って攻撃しているし、「ダイノレックスガラス」では恐竜が吠えている。「超神硬ゴリラ」は右半分がゴリラ、左半分が鎧兜の姿になっていて攻撃力、防御力共に相当強そうだ。「超無双ＭＡＸ」には、侍が日本刀を今にも振りおろそうとする場面が描かれ、刀からはぴかーっと黄金の光が放たれている。

ふと、少年心をくすぐられるこの感じ、旅行でお土産物売り場を見ているときの感覚に近いと気がついた。お土産物売り場ではよく城や神社仏閣のキーホルダーの隣に、ちっちゃい日本刀に龍が刻まれたキーホルダーが売っている。調べてみると「御神龍刀キーホルダー」という名称で、やはり「神」という字が出てきて納得した。鍵や携帯など大切な物は、神や龍といった大いなる力に守ってほしいものなのだ。ちなみに、西洋の剣に龍が巻き付いたタイプは「魔界のドラゴン夜光剣キーホルダー」というらしい。

結局、神シリーズは神に相応しいお値段だったので、そこそこの保護フィルムを購入して帰宅した。そこそこフィルムを新しい携帯にはると、あまりに画面が鮮明で驚いた。古い携帯をよく見ると、フィルムが老舗喫茶店の壁紙くらい黄ばんでいる。黄ばみ画面を通して見ていたので、これまで投稿したインスタグラムの画像など、彩度を余計に上げすぎていたらしい。新しい携帯だと目がチカチカする。これまで色彩感覚がヤバい奴だと思われていたかもしれない。

取り返しつかないことが増えていく振らずに飲んだ数々のジュース

オオゼキ

近所に新しく「オオゼキ」という聞き慣れない名前のスーパーマーケットがオープンしたそうで、いち早く行ったSが土産にみかんとコロッケを買ってきてくれた。Sの情報によると、「オオゼキ」は関東に展開する地域密着が売りのスーパーらしい。プレオープンから数日経って行列は収まったものの凄まじい人混みで、中には「これでひとまず一周したね、二周目行っちゃう？」と二周目に挑む強者のご婦人たちもいたそうだ。今までスーパーに「何周目」という意識を持ったことがなかったけれど、お買い得品は全て見逃すまいという覚悟が感じられる。一方で、軽い気持ちで入ったSはみかんとコロッケを摑んで退散したという。みかんはとても甘くて、コロッケはごく普通のコロッケながらラベルに「満足コロッケ牛肉」と書いてあるところに好感が持てた。私の勝手な読みだが、もし「満足牛肉コロッケ」だった場合、「え？　満足するほど牛肉入ってなかったけど?」と文句を言われかねない。あくまでコロッケとして満足させたいのであり、牛肉は一応の分類として記載してあるだけなのだろう。

開店のおめでたさが残っているうちにと、早速翌日にSとオオゼキを訪れた。店に一歩足を踏み入れると、スーパーというよりは観光地の市場のような活気がある。「オープニングセール開催中!」と書かれたポップには、テレビで見かける激安スーパーほど驚く値ではないが「ク〜ッ! わかってるねえ」「いいところ突いてくるわ」とテンションの上がる数字が並び、ときどき現れる「メキシコ産うちわサボテン」や「タイ産タマリンド」など、誰がどう食べるのか予想もつかない食品も目を楽しませてくれる。

皆の熱気がすごくて、次第に流れるプールに来たような気分になってきた。油断するとどんどん人波に流されてしまうのだ。流れるプールでは、よく大きな浮き輪に乗って悠々とふたりの世界を築いているカップルを見かけるが、私は周りが気になって落ち着けないタイプだ。ショッピングカートを押して自分のペースで進む人たちを羨ましく思いつつ、買い物籠が人に当たらないようテトリスのように向きを調整させながら、負けじと欲しい商品を入れていく。

まずは、入口ドア付近にてイチオシ商品のネギ、トマト。青果売り場で白菜、ニラ、きのこ、少し進んでたまねぎ、じゃがいも。突き当たりを曲がった精肉売り場では鶏ひき肉、ふと調味料コーナーを見るとカレー粉も安い。ちょっと待てよ、なんだこれは。気づいたらものの数分の間に鍋とカレーを作る材料が買い物籠の中に揃っているではないか。ちょうど通路近くの目に入りやすい位置にお買い得品が置かれていて、完全にこちらの動きをコントロールされている。自分で選んだと思いきや、オオゼキに選ばされているのだ。きっと今夜は、周辺のあちこちの家からカレーの良い匂いがすることだろう。

店内には絶え間なく、いかにポイントカードがお得であるかを説明するアナウンスが流れている。てっきり録音かと思ったらマイクを持った男性店員が目の前に立っていて驚いた。「私も以前、他店のポイントカードの有効期限が切れて悔しい思いをしたことがありましてね。でもオオゼキのポイントカードは……」と自身の体験談を交え、うまいこと共感を誘ってくる。また他の売り場では、おじさん店員が常に周辺の客に声掛けしている。「この値段がね、下げれる限界なんだよね～」「今日のおすすめはこれ、ハーゲンダッツ！　買いだよっ！」と、長年やっている個人商店の店主が常連客に話すみたいなフレンドリーさだ。アナウンスの店員もそうだが、あまりに喋りの能力が高すぎやしないか？　もしかするとオープニングの大切な時期ということで、オオゼキの各店舗から店長クラスの選抜メンバーがこの地に集結しているのかもしれない。あるいは、彼らは即興でフレンドリーおじさんを演じるプロフェッショナルで、依頼されれば日本中のオープニング現場に出向き、長年ここでやっているかのように振る舞っている可能性もある。新店舗を育てるためには、まず地盤をフレンドリーおじさんにしっかり耕してもらって客を根付かせることが必要なのだ。

そんなことを考えながら人波に流されていたら、Sが嬉しそうな顔でマグロのたたきと赤身を持って合流してきた。SもSで、いつの間にやら好物であるマグロ丼の材料をゲットしている。きっとここは通ると自分の欲望が実体化してしまう魔法の通路なのだ。ふと見ると、私の手に極細ポッキーが握られていてギョッとした。お菓子売り場には寄らなかったはずなのに、納豆コーナーの手前でポッキーフェアが開催されているのだ。オリジナルポッキー、冬のくちどけ、アーモンドクラッシュ、つぶつぶいちご、こんな風に並べられるとついどれかを選びたくなってしまうではないか。

さてと、次は惣菜コーナーだ。一番最初に出会うところに「満足コロッケ牛肉」が待ち構えていて、昨日のSが手を伸ばしている残像が見えたような気がした。ゲーム「ポケットモンスター」の、始まりの街を出てすぐの草むらで出会う鳥ポケモンのように、初心者でもゲットしやすかったのだろう。さあ、あとはパンコーナーを抜けるともう出口が見える。パン類はそこまで種類が多くなくて、ここには力を入れません、とハッキリしているのが潔かった。

レジでは、二〇～三〇代くらいの女性店員がずらりと待ち構えていた。そういえばこれまでフレンドリーおじさんばかりが目立っていたけれど、女性はここに集まっていたのか。レジが終わると皆すかさず手をピンっとあげて「はい！　こちらへどうぞ」と大きな声を出して誘導している。ひとりとしてモタモタしている人はいない。もしやここにもレジマイスター集団が応援に？　いや、プレオープンから数日の間に様々な困難を潜り抜けてきたメンバーゆえに、結束力が最高潮に達しているのかもしれない。ポイントカードの宣伝の声をベースに、フレンドリーおじさんの声、女性陣の声、ピッピッというレジ音が一体となり、迫力のあるアンサンブルを奏でている。我々に二周目に挑む覚悟などなく、まだ見ていない売り場も沢山ある気がしたがすんなり誘導に従った。

オオゼキを出て、興奮気味に「すごかったねえ！　考える隙もなく気づいたら鶏ひき肉入れてたもん。いや〜すごい充実感」とSに感想を述べると、「祭りだね。きっとお神輿に担がれてたんだよ」と言われ、なるほどその通りだと思った。わっしょいわっしょいとお神輿に担がれるように買い物ができるなんて、スーパーとして理想的である。「あのポイントカードのアナウンスの人も、プロだったよね」と言うと、昨日は別の若手店員だったと教えてくれた。「よっ調子どう？」「昨日はボロボロでやばかったっスけど、今日はいけそうな感じっス」と店員同士で話しているのを聞いたらしい。初々しい若手バージョンも聞いてみたかった。

もしもプレオープンからずっと彼らの成長ドラマを追っていたとしたら、今日の仕上がりは涙なしには見られなかったことだろう。

「オオゼキ」の隣にはまだ空き地があり、何の店が建ったら嬉しいか、話しながら帰った。やはり「オオゼキ」のわっしょい気分のまま立ち寄りたくなる店が良い。私の理想は、たこ焼きと大判焼きと三角の袋に入ったフライドポテトがテイクアウトできる店だ。愛知県出身者としては五平餅もあると尚嬉しい。外にはちょっとしたテーブルセットとベンチもほしい。この辺りは学生も通るので、楽しい寄り道スポットになることだろう。そうSに提案すると「そんなふうに言ってるけど、実際あなたが買いに行くのって一ヶ月に一回くらいでしょ。ここは駅からもちょっと離れてるし、なかなか採算取れないんじゃないかな」と真っ当なことを言われた。たしかに近くにできたときにはめちゃくちゃ嬉しかったコメダ珈琲も結局月に一度行くか行かないかだ。せっかくオオゼキの横に建つから「ヨコヅナ庵」って店名はどうだろうと考えていたというのに、ぐうの音も出ない。私の中ではバンダナを巻いたおばちゃん店員のイメージも完全に出来上がっている。部活帰りの腹ペコ学生には「ポテト多めに入れといたよ」とサービスしてくれるのだ。「しょっぱくて唇がしわしわだね」と笑い合いながらの帰り道は幸福感に満ちていることだろう。「まあ現実的に需要を考えたらドラッグストアじゃない？」とS。つまんねー！と私の中の学生たちが叫んだ。

極まってない舞茸も任せとけみんな天国に連れてってやる

幸巡り

Sが『ドラゴンクエストウォーク』という位置情報ゲームにハマっていて、散歩がてら一緒に付いていくことがある。見慣れた街の風景にＲＰＧの世界を重ねて冒険しているSを見ていると羨ましくもあるのだが、私はスマホゲームをやっても長く続いた試しがない。ゲームを始めた初期の、どんどんレベルが上がる頃は素直に嬉しい。なのに、ある程度やり方を覚えて成長してくると、デイリークエストだの季節イベントだのと行動をコントロールしてくるゲームのことが無性に腹立たしくなってくる。それでもゲームから離れられない自分が嫌になり「オレに指図するんじゃねえ！」と衝動的にアプリを消去してしまうのだ。ゲームへの反抗期である。つい数日前まではあんなに良くしてもらっていたくせに、ゲームの作り手の方々には申し訳ないと思っている。皆どうやって反抗期を乗り越えているのだろうか？

何やらメガモンスターの討伐とやらに励んでいるSの横で、私は街の中にあるおめでたいものを収集することにした。名付けて「ハッピークエストウォーク」……。または「おめでたーハンター」……。Sに「もうちょっとダサくないネーミングがいいんだけど、何かないかな？」と尋ねたところ、「幸巡《さち》り」という案が出た。和名にすると、急に神社仏閣を拝む感じが出てくる。

最近オープンしたらしい居酒屋の前を通ると、店先に胡蝶蘭の鉢植えが飾られていた。胡蝶蘭は「幸福が飛んでくる」という縁起の良い花言葉から贈答品として定番の、まさにおめでたさの象徴みたいな花だ。丈夫で長持ちして、香りや花粉が少ないところも重宝される理由らしい。もしも胡蝶蘭をキャラクター化するとしたら、やはり箱入りのお嬢様キャラだと思う。そこにいるだけでパッと華やかになるのだけれど、チヤホヤされるのは初日がピーク。次第に邪魔にならない室外機の上なんかに移動させられて見向きもされなくなる。温室で大切に育てられたお嬢様は、どうしたって大衆居酒屋には馴染めないのだ。「がんばって仕込み中」と書かれた立て看板に寄りかかられているお嬢様は、気の毒で見ていられない。

今まで、胡蝶蘭のことを花の中で一番好きだと言う人に会ったことがない。好きだとよく聞くのは、桜、紫陽花、金木犀やミモザなど、季節感のある花だ。季節の空気感や街の風景込みで好き、という人が多いのだと思う。胡蝶蘭のある街の風景を思い浮かべると、「グランドオープン」とでっかい看板の置かれた田舎のパチンコ屋が出てくるのは私だけだろうか。しかも、『スター・ウォーズ』のストームトルーパーのように、同じものがずらっと一列に並べられている。偏見かもしれないが、胡蝶蘭にはご祝儀の三万円代わりの義理や建前の花、みたいなイメージがある。送る方としては相手が胡蝶蘭のことを好きかどうかなんてどうでも良くて、周りと差が出ず横並びであることが重要なのだ。大人の都合によりクローン技術で生み出された完璧なうつくしさのお嬢様たちは、ほんとうの愛を知らない……。想像すると救いのないSF映画を観たような気分になってきた。脳内のSF映画では、最終的にお嬢様の顔がエイリアンのようにカバッと開いて民衆に襲いかかっていた。

たまらなくなってインターネットで「胡蝶蘭　一番好き」と検索してみると、元SMAPの稲垣吾郎さんが楽屋に届いた大きな胡蝶蘭がきっかけで、一〇年くらい大切に育てているという情報を得た。良かった。希望の光だ。ちゃんと胡蝶蘭を愛してくれる人がいたのだ。胡蝶蘭がヒロインのSF映画を撮るとしたら、ヒーロー役は稲垣吾郎さんで決定だ。文句のつけどころのない配役である。

ぼんやり住宅街を歩いていると、さまざまなアパート名が目に留まる。意味もなく地図サイト「マピオン」の「全国のアパート一覧」を見るのも好きで、グッときた名前に出会うと収集するようにしている。アパート名には花の名前が結構多い。大家さんの好きな花なのだろうか、「ひまわり荘」「メゾン・ド・ローズ」「椿ハウス」「すみれコーポ」など、懐かしい昭和の雰囲気もあり、名前だけでちょっと住みたくなる。なんとなく平和に暮らせそうだ。

中でも秀逸だと思ったのは、「福寿荘」だ。福寿草の「草」と「荘」を掛けているところも心憎い演出だし、「福」と「寿」が両方入っているなんて字面の縁起も最上級である。福寿草は長寿を意味し、新春を祝う黄色い花だ。花言葉も「幸せを招く」「永久の幸福」と完璧なのに、気取ったところなく素朴で良い。

花の他には、食べ物の入った名前も多い。「くるみ荘」「りんご荘」「えのき荘」「こんぺい荘」「ほうれん荘」。なぜだろう、「荘」が付くだけで非常に可愛らしい。「アーバン○○」「○○テラス」「レジデンス」「キャッスル」「ヴィラ」など、古風な見た目に反して西洋風の洒脱なアパート名もそれはそれで良さがあるのだが、ぜひ「荘」

の再ブームが来てほしいと思う。ちょっと笑ってしまったアパート名は「木造荘」だ。その名の通り木造のアパートだった。

「ドラゴンクエストウォーク」中のSも、良いアパート名を発見した。「ほら見て、『ハミングバード』だって」「いい名前～！」「バンド名っぽい」「ハミングしながらご機嫌な暮らしって感じだね、すごい、いいの見つけたね」と館銘板を眺めながら褒め称えた。「ハミングバード」は和名でいうとハチドリのこと。欧米では「幸せを呼ぶ鳥」とされているらしく、なんとも気の利いた名前だ。

私もとっておきを見つけた。遠くからでも目立つ場所に書いてある、「Rグレイ」の文字。「ん？　これ、アールグレイってこと？　紅茶の!?」と興奮して大きめの声が出てしまい、住人に聞かれたらまずいと慌てて口をつぐんだ。「Rの文字が効いてるね」「書体も良いね」大家さんが紅茶好きなのだろうか？　今までのパターンにはない発想である。ちなみにラッパーの「R‐指定」さんは、中学二年生のときに「危険でかっこいいから」という理由で「R‐指定」という名前をつけたらしいから、「Rグレイ」の大家さんも「気品があってかっこいいから」みたいなふわっとした理由で名付けた可能性がある。私も「Rグレイ」みたいな素敵な名前を考えたい。それでは

「Tポット」はどうだろうと検索してみると、愛知県に「T-Pot」というアパートが出てきた。ぱっと思いつくような名前は、すでに世に無数にいる大家さんたちが考え尽くしているのだ。浅瀬の発想であった。

最後に「胡蝶蘭」が入った物件がないか検索したところ、ちゃんとヒットした。「エクセレンス胡蝶蘭」……。よほど良い物件なのだろうと期待値を上げてくる、素晴らしい名前だ。「エクセレント」より「エクセレンス」の方が落ち着いていて大人な感じがする。まさか「胡蝶蘭」と「エクセレンス」を組み合わせるとは、さすがお嬢様のことをよくわかっていらっしゃる。って、私はお嬢様の何なんだ。

プリンターのインクが順に切れていくように寂しくなった街並み

忘れられないクリスマス

今年もまた、サンタになる時期がやってきた。とある施設のクリスマス会で、サンタの格好をしたゆるキャラの着ぐるみに入って、子どもたちにプレゼントを配る仕事のことだ。なかなかの肉体労働なので憂鬱だが、昨年もやったので一応勝手はわかっている。着ぐるみの中は通気性が悪いので、酸素を吸うことを第一に省エネで動くこと。汗だくになるので薄着にしておくこと。終了後、建物裏で着ぐるみを脱ぐと急に寒いので、上着を置いておくこと。水分補給のペットボトルも忘れてはならない。

シャンシャンシャン、と隣にいるお付きの人が鈴を鳴らすと、「あれ～？　何か音が聞こえてきたよ。誰か来たのかなあ？」と進行役の空空しい声がする。GOの合図だ。さて、満を持して子どもたちの前に登場すると、ん……？とかすかな違和感を覚えた。ともあれ、「わ～みんなにプレゼントを持ってきてくれたんだって！」と進行役の誘導通り、列をなす子どもたちにどんどんプレゼントを手渡していく。

手渡すといっても着ぐるみで手の感覚がほぼないので、お付きの人が私の手にプレゼントをセットして、子どもがさっと抜き取るように持っていく。完全に流れ作業である。

こんなに手応えなかったっけ……と考えるうちに、違和感の理由がわかった。妙にみんな落ち着いているのだ。視界が悪くて表情こそ見えないが、昨年はもっと「サンタさんだ！」「かわいい〜」「大きくて怖い」など、どよめきがあった気がする。私が着ぐるみに慣れたように、子どもたちも慣れたのだ。こちらが手を振ったりハイタッチしようとしても、すっと素通りして自分の席に戻っていく。アンパンマンやミッキーならともかく、子どもにとってはプレゼントをもらえるなら着ぐるみの手からでもお付きの人の手からでも構わないのだ。なんだか、自分がファミリーレストランのネコちゃん配膳ロボになった気分になってきた。一応愛嬌は振り撒くけれど、運んで、帰るだけ。ネコちゃんロボもきっと思っていることだろう。「ネコである意味ある？」と。

そんな虚無感と共に私のクリスマスは終わった。と言いたいところだが、今年はまだイベントが残っていた。一二月二四日、クリスマスイブに書店で開催されるトークイベントだ。トークを観るのではなく、トークをするのである。まさか私が対談相手に指名されるなんて、なんで?と驚いた。驚きを通り越すと、なぜか怒りの感情が湧いてきた。ありがたいことに書店の方が私の本を読んでメールをくださったのだが、本にはコミュニケーション下手だということを様々なエピソードを通して書いた。そんな人間に人前でトークなどさせて、放送事故のように無言が続いたり、SNSで「楽しめませんでした」って書かれたらどうするつもりなんだろう。地獄を見たいのか?それにしても「楽しめませんでした」って恐ろしい言葉だ。「普通に楽しめました」って言葉もちょっと恐い。ギリ合格点はやるけど、期待を超えてはこなかったぞと言われている気がする。

ひとしきり勝手に怒ったり恐がったりしたあと、でも対談の候補として思い浮かべてくれただけでも光栄で喜ばしいことだよな。人生で一度くらい訳がわからない状況に立たされるのもおもしろいんじゃないかと思い直し、結局引き受けることにした。私は研究発表やプレゼンのようなパリッとした経験を何一つせず、ずっと着ぐるみの中のような薄暗く安全な場所で生きてきた。忘れられないクリスマスになりそうじゃないか。どうなっても悪いのは私じゃない、コミュニケーション下手な人間というのがどれ程のものか、舐めてかかるから悪いのだ。責任転嫁だけは得意である。

さてクリスマスイブ当日。トークイベントを終え、駅前で呆けたように立っていると、待ち合わせをしていたSがやってきた。身内であるSには決してイベントには来ないでと約束してあった。もし何かやらかして記憶を抹消したくなった場合、Sの記憶までふたり分抹消するのは厄介だからだ。「どうだった？　人来てた？」と聞かれて「お客さんは三〇人くらいだったかな」と答えると、「じゃあ学校のクラスくらいだね」と言われた。確かにトークイベントと聞いて大袈裟に考えていたけれど、参加者数でいうとクリスマス会よりも少ないくらいだ。クリスマス会の子どもたちが求めていたのがプレゼントだったように、そもそも今日のお客さんが求めていたのは新刊の出版記念で来た歌人Iさんのお話と、そのサインや交流である。私はネコちゃんロボに徹して、もっとIさんの言葉を引き出しお客さんに運ぶ役に徹さなければならなかったのではないか、と次第に反省の気持ちが湧いてきた。

情けないのが出版を祝う「おめでとう」モードになる余裕が全くなく、自分のやらかしばかりを心配していたことだ。後半などは緊張で出っ歯の前歯がカピカピに乾いてきて、（あれあれ？　笑ったら最後、上がった唇が元に戻らないぞ）（お茶で潤わせたいけど、飲む隙が見つからない）（さりげなく手で口を隠して、こそっと舐めるか？）と、しょうもない雑念と戦っていた。

対してIさんは、前歯の乾いた絡みづらい相手にも嫌な顔一つせず、歌集を読んで想像した通りの素敵な方だった。対談が始まる前、主催側に「質問タイムはどうしますか？」と聞かれたときもIさんは「あのシーンとした、質問しなきゃって空気って嫌じゃないですか。お客さんに負担を強いるのは申し訳ない」と言っていて、皆「Iさんらしい優しさですね」と感心していた。もしかしたらお客さんの中に、人生で初めてのトークイベントで「客いじりされたら嫌だな」「楽しめるかな？」と不安に思っていた人もいたかもしれない。不安の中心にいる気分だった自分が恥ずかしい。

ぐるぐると脳内反省会をしながら気もそぞろにSの後を歩いていると、見慣れない場所に到着した。ヨドバシカメラの自転車売り場の奥にある「全長五〇メートル無料自転車試乗コース」だった。ここのヨドバシカメラには何度も来たことがあるが、こんな場所があるなんて知らなかった。そこは半屋外の屋根付きバルコニーで、広々とした空間には「軽井沢の花咲く白樺の森」のフリー素材みたいな壁紙が貼ってあり、さながら都会の張りぼてオアシスといった異様な雰囲気である。中央には坂道を体験するためのちょっとした小山もある。Sは以前から電動自転車を欲しがっていて、ここにも一度試乗しに来たことがあったらしい。

Sが購入を検討中の電動自転車に乗ってぐるりとコースを一周して戻ってくると、ベンチに腰掛けていた私に「ちょっと乗ってみなよ」と言う。試乗コースを管理しているおじさんも「どうぞどうぞ」と勧めてくれるので、「え〜じゃあ乗ってみようかな」とのろのろ跨る。ペダルを踏みこむとさすがに軽い。スーッと気持ち良く進み、五〇メートルもあった？という感じであっという間に元の場所に戻って来た。おじさんに「今度は坂道も登ってみてください、楽ですよ」と言われて「あ、はい」ともう一周する。なんだろう、この知らないおじさんに見守られて電動自転車に乗る、恥ずかしいようなくすぐったいような感覚は。注目されるのは苦手なはずなのに、不思議と嫌じゃない。「こちらの大きいタイプですと安定感があって長距離もいけますよ」「ママチャリの形は跨ぎやすいです」とおじさんが次々に違うメーカーの電動自転車を持ってきてくれるので、勧められるがままにSと私、交代交代に乗った。なんだこの状況は。なんでクリスマスイブに電動自転車に乗って同じところをぐるぐる回ってるんだろう。だんだんおもしろくなってきて自然と顔がにやけてしまう。ここ数日の、柄にもない「人を楽しませなくちゃ」「ちゃんと振る舞わなきゃ」という重圧が、張りぼてオアシスと見守りおじさんの眼差しによって緩んでいく。ぐるぐるぐるぐる回っているうちに、私は子どもの姿になっていた。ここは軽井沢の遊園地の眺めの良いサイクルモノレールだ。下では親戚のおじさんが眩しそうな顔で見守っていてくれる。そんな存在しない幸福な記憶が蘇った。「おーい！」と笑顔で手を振りたくなる。おじさんは手を振りかえしてくれるだろうか。

おかしいな学芸会の木の役が大人になっても抜けないとはね

追いかけ正月

まったく正月ってやつは、「何か正月らしいことしなきゃ」と思わせてくる。向こうから積極的にアピールしてくるとつい「別に正月とか興味ありませんし」という態度を取ってしまうのが、逆張りやさんのチャーミングなところだ。逆張りやさんとは、天邪鬼でみんなが良いと言うものに文句を言ったり、みんなが良くないと言うものを庇ったりする人のことだ。そんな私も逆張りやさんの端くれである。いつか一人前になって「正月といえばお節よりラーメン派ですね。ラーメンも縁起の良さなら負けていません。古来より麺は『つるつる(鶴)噛め噛め(亀)』で縁起が良いと言われていますから。煮卵トッピングはお年玉の代わりです」と淀みなく言えるようになりたいものだ。

一月一日、ソファで昼寝をしていて起きたら世の中が一変していた。能登半島地震である。地震発生の数時間前にインスタグラムに投稿した「明けましておめでとうございます。皆さんにとって心穏やかな一年になりますように」の文章が寒々しく感じられてゾッとした。昼寝前には無邪気に願うことのできた「心穏やかな」世界は、しばらく到来しませんと言われてしまった。そんなことはないのに、「おめでとう」の挨拶の言葉すら不謹慎だと思われるんじゃないかとビクビクしてしまう。しかし、今更投稿を消したり文章を編集するのも何だかなあという気がして、そのまま見て見ぬふりをしてしまった。

もちろん地震があっても「贅沢は敵」みたいな空気は違うと思う。子どもたちにはお年玉をいっぱいもらって、限りある子ども時代の楽しいお正月を満喫してほしい。楽しかったお正月の思い出があるからこそ、大きくなってからの「親戚サービスからのアルバイト」みたいな疲れる正月にも耐えられるのだ。しかし我が家では、年末からSが風邪を引いて寝込んでいる。喉が痛くてウイダーインゼリーと杏仁豆腐しか食べられないらしい。逆張りなどせずとも、正月らしいことをしなくて良い理由ができてしまった。

粛々とお粥やうどんを食べながら数日が経った。ふと、無性に「正月らしいこと」を欲している自分に気がついた。いつもは向こうからグイグイきていた正月が、急によそよそしい態度を取ってきたのだ。ああ、正月が欲しい。この欲求をどうしたら良いのだろう。家に餅はあるけれど、深夜に腹が減った際に腹持ちが良いので正月関係なく食べている。ちなみに最近ハマっているのは、瓶入りきざみ生姜と液体みそをお椀に入れ、お湯を注いだ中に焼き餅を入れる食べ方だ。鍋も使わないし、寒い夜にはぽかぽか温まる。美味しいけれど、普段食べている餅ではどうも満たされない。もっと特別感が必要だ。

買い出しに来たスーパーで、Sに頼まれたはちみつのど飴を買い物カゴに入れつつ、目は獣のように正月らしいものを探していた。今やスーパーは完全に落ち着きはらって七草粥にシフトしているけれど、こちらは全く胃疲れなどしておらず正月に飢えているのだ。胃も「もっと来いオラァ!」と煽ってくる。くそー、ガツンとやってやりたい。今は草の入った粥など食べたくないとはいえ、寿司やすき焼きは大袈裟すぎる。

ウロウロしていると、ついに正月らしいものを見つけた。「福、笑い」というブランド米だ。「福」だけに福島のブランドで、「つくる人、食べる人、みんなが笑顔になり、幸せになりますように」という願いが込められているそうだ。私がインスタグラムに書いた「皆さんにとって心穏やかな一年になりますように」は判を押したような言葉に感じるけれど、「つくる人、食べる人」の「笑顔」を具体的に願うことは、どこか切実な印象を受ける。消費者の笑顔よりも先に、まずは生産者が搾取されることなく笑顔になれる商品であってほしい、そういったメッセージなのだろうと勝手に解釈して納得した。

近くにあった宮城米の「だて正夢」も正月らしい気がしたが、「初夢」ではなく「正夢」なので関係なかった。ただ、「おいしさで天下を取ってみせる」というコンセプトはなかなかおめでたい。「〝お米戦国時代〟の今を生き抜くポテンシャルを秘めたお米です」とのことで、みんなの笑顔を願う「福、笑い」のことなどは真っ先に斬りにいきそうな好戦的な態度である。私は「〇〇で天下を取ってみせる」と思ったことは一秒たりともないが、圧倒的な何かに「ひれ伏したい」とは常に思っている。案外「だて正夢」さんとは相性が良いかもしれない。

中でも目を引くのが秋田米の「サキホコレ」だ。白い袋に映画の題字みたいなお洒落な文字で「サキホコレ」と書いてあり、シンプルなデザインが逆に目立っている。キャッチコピーは「うまさ満開」。「サキホコレ」の文字を見ていると何だか「サキちゃん」という名のヒロインが夢を叶えるために頑張る、NHKの朝ドラを見たことがあるような気がしてきた。と思ったら、実際に見たのは「マイちゃん」がヒロインの

『舞いあがれ！』だった。ちなみにネーミングの有力候補には「稲王」もあったらしい。こちらはTBSテレビ日曜劇場『陸王』を彷彿とさせて、これはこれで良い名前だ。『陸王』のキャッチコピーは「自分を変える、覚悟はあるか。」なので、「稲王」のキャッチコピーがあるとしたら「味覚を変える、覚悟はあるか。」だろうか。味覚を変える米ってどんな味かはわからないけれど、格好よくて痺れる。普段、米売り場では最安値を探すことしか頭になかったので、こんなに熱い世界だとは知らなかった。

結局米はまだ家にあるのでまた今度にして、買ったのは歌舞伎揚せんべいだった。歌舞伎の舞台の幕をイメージした、みどり・オレンジ・黒の三色パッケージでお馴染みの、あの歌舞伎揚だ。お菓子売り場の中では、一番正月らしい雰囲気を醸し出していた。実家に帰省したときによく置いてあるイメージもあったかもしれない。

でも本当におめでたいのかなと気になって天乃屋のホームページを調べたところ、驚きの事実が記してあった。わざわざせんべいの一枚一枚に歌舞伎の家紋をデザインした刻印を押しているらしいのだ。揚げた表面がでこぼこしているので、よくよく見ない限りは絶対に気づかない。「隠れミッキー」以上に隠れている「隠れ紋章」である。本来は由緒正しき家柄の人間なのに、民衆に紛れて野暮ったいせんべいと身を偽っていたなんて、歌舞伎揚のキャラクターイメージがガラッと変わってしまった。いざ本気をだしたら、紋章からピカーっと光を放ち、舞うような剣捌きを見せてくれるに違いない。ホームページを見ていくと歌舞伎揚の姉妹品にソフト生地の「瑞夢」もあり、「瑞夢」とは「縁起の良い夢」という意味らしい。「ずいむ」……、いい響きだ。「瑞夢」こそ正月らしさの正解だったかもしれない。

他に、カップ麺の「どん兵衛天ぷらそば」も買った。そういえば年越しそばを食べていなかったからだ。その後、マクドナルドに寄ってチキンナゲットとポテトのセットも買った。そういえばクリスマスチキンも食べていなかったからだ。そうして欲求不満を解消すべくひとりで追いかけ再生ならぬ「追いかけ正月」をした結果、どうやら胃を買い被っていたらしく、夜中に「うう、きもちわるい……」と唸るはめになった。まさか、寿司もすき焼きも食べていないのに太田胃散のお世話になるとは。食べきれなかったチキンナゲットは冷凍庫の中で、クリスマスの残り火として今も燻っている。

掟って破るものだと聞いたからミックスチーズを七草粥へ

そぼかわ

節分の時期、職場近くのスーパーに「豆富本舗」の節分豆が並んでいるのを見かけると嬉しくなる。といっても豆や節分自体が楽しみなのではない。豆の入ったテトラパックに描かれた素朴な鬼の絵が大好きなのだ。豆から逃げているのか踊っているのか、躍動感のある赤・青・黄色の鬼たち。表情もユーモラスで味わい深い。私は素朴でかわいいものが好きで、商品パッケージや古い絵本など、発見したらインスタグラムの「#素朴界」というハッシュタグを利用して収集している。今は空前の「ちいかわ」ブームだ。「なんか小さくてかわいいやつ」こと「ちいかわ」に対抗するわけではないが、「素朴でかわいいやつ」の「そぼかわ」は、地味で注目されづらい。また「ぽたぽた焼き」のおばあちゃん、インスタント麺「チャルメラ」のおじさん、ヤマト運輸の猫など、パッケージリニューアルによって元々あった素朴さが失われていく事例も多い。時代に合わせてのことなので仕方がないけれど、ぽたぽたおばあちゃんは人気絵本作家のヨシタケシンスケ氏の作画になったし、チャルメラおじさんは無精髭をなくして草履ではなくスニーカー姿に、ヤマトの猫は性別がなくなった。「そぼかわ」は儚い存在なのだ。

もちろん豆富本舗の鬼も二〇一九年に「#素朴界」に投稿している。初めてパッケージを見たときには、きっと「黄桜」の河童の絵で知られる清水崑のような、昭和に活躍した名画家が手がけたのだろうと思った。しかし、インターネットで調べても「京都のお寺のお坊さんが筆で描いた」という情報しか出てこなかった。無名の人が描いたと知ると、詠み人知らずの和歌のように後世まで残ってほしいと思えてくる。

そんな豆富本舗の、販促用のPOPが今年は見当たらない。以前は確かに節分コーナーに貼ってあった。POPに描かれた赤鬼も「もう勘弁してくれ〜」と泣き出しそうな情けない顔がとても愛らしいのだ。どうやら節分豆コーナー自体が縮小されてしまったようなのである。節分といえば「でん六」の、毎年絵柄がちょっとずつ変わる赤塚不二夫（フジオ・プロ）の鬼の面も楽しみのひとつで、節分ムードを盛り上げてくれる。このインパクト抜群のお面すら目に付きづらい場所に申しわけ程度に積んであるだけで、あきらかに節分コーナーへのやる気がなくなっている。

ふと、ある仮説が浮かんだ。「鬼」に何らかの変化が起こったのではないか？　原因は『鬼滅の刃』だと思う。詳しい内容は知らないので見た目だけの印象だが、「鬼舞辻無惨」というマイケル・ジャクソンに似た鬼のキャラクターや「猗窩座」という実写化するなら菅田将暉がやりそうなキャラクターなど、この頃の鬼があまりにスタイリッシュすぎるのだ。マイケル・ジャクソンと菅田将暉は「そぼかわ」の対極である。そりゃあ鬼だって、いつまでも無骨で粗暴で虎のパンツを穿いている旧来のイメージに縛られるのは辛いだろう。鼻筋もスッとさせたいだろうし、肌の色だって赤・青・緑・黒・黄の五色に決めつけるのは良くない。夏場にはエアリズムトランクスも穿きたいと思う。今後は人間に豆を投げられたくらいで逃げていく弱い鬼は淘汰され、より強く洗練された鬼が鬼界を牛耳るのかもしれない。

おそらく豆富本舗の鬼は、鬼界よりも素朴界で暮らした方が心穏やかに居られると思う。私が思う素朴界の住人たちを紹介したい。まずは「日本海みそ」に描かれている「雪ちゃん」。藁帽子と雪靴を履いた雪ん子スタイルで、商品によって赤、青、緑の服を着こなすオシャレな少女だ。こけし人形になったら可愛いと思うのだけれど、同じく味噌の大手メーカーのキャラクター「マルコメ君」と比べるとグッズ化するにはややキャッチーさに欠ける。属性はあるがこれといった特徴がないことこそが素朴界の住人の特徴なのだ。広く愛されようと狙っていないところが良いのである。

他には、駄菓子の「餅太郎」と「どんどん焼き」だ。「餅太郎」は既にしまむらで洋服のプリント生地としてグッズ化されているし、「どんどん焼き」はカプセルトイにもなっているので素朴界としてはスターである。しかし、「餅太郎」は花咲か爺さん的な人物と、餅をついている爺さん婆さん、あとは甲冑姿の犬・猿・雉が描かれているだけで肝心の餅太郎本人が見当たらない。最もキャラ立ちしそうな主人公・餅太郎が不在であることで、全体の印象がぼんやりしているのだ。「どんどん焼き」についても祭りを楽しむ人々の群像劇で、中心人物がいない。強いて言うならピンク色の着物を着た女性が、胸に巻かれたサラシによって強調された豊乳が特徴的で目立っている。かといって主人公とも言い切れず、豊乳についても狙っているのかいないのか微妙なところだ。

先日、ヴィレッジヴァンガードに行ったときのこと。何気なく『鬼滅の刃』のキャラクターが二頭身にデフォルメされたステッカーの並ぶ売り場を眺めていた。少し前にスマホを変えたので、ケース背面の透明ガラスのスペースが空いているのだ。推しキャラがいる人はステッカーを挟めて羨ましいなと思いつつ、ふと中学時代の記憶が蘇った。実家に父親のパソコンと家庭用プリンターが導入され、ソリティアで遊ぶのにもすっかり飽きた頃、アニメキャラクターの画像を印刷してシールを作るのにハマった。シールといってもただのコピー用紙を透明テープでカバーして、画像の周りをハサミで切り取って糊で貼るだけだ。画質もガビガビだったが自分だけのオリジナルシールということで、勉強ノートの表紙に貼って喜んでいた。

そうだ、欲しいステッカーが売っていないならあの頃のように作ったらいいじゃないか。家に帰り、豆富本舗の鬼の画像を検索したが、テトラパックが数個並んだ引きの写真しか見つからない。あれこれ探していると、アスクルの通販サイトに「餅太郎」の登場人物全員がちょうど正方形に配置された画像を見つけた。「アスクルさんナイス！」と感激しながら印刷し、スマホケースに収まるサイズに調整してハサミで切っていく。そうだ、金色の折り紙があったから貼り付けて、もう一回り大きく切ってステッカーの縁取りみたいにしよう。

突然、隣の部屋にいたSがウォーキング用の上着を取りにやってきた。何もやましいことはしていないのに、ノックせずお母さんに部屋に入られたときのようにピキッと自分の顔が引き攣るのを感じる。慌てて醸し出した「今作業中で忙しいからさっさと立ち去れ」オーラもSには届かなかったらしく、「何やってるの？」と聞いてきた。平然を装って「餅太郎のステッカー作ってるの」と言うと、「へ〜！　ワクワクさんみたいなことしてるじゃん」と、子どもの頃ＮＨＫ教育テレビでやっていた工作番組『つくってあそぼ』のゴロリのモノマネで、こちらの様子を実況してくる。ワクワクさんとは、赤いキャップと丸メガネがトレードマークの手先が器用なおじさんで、ゴロリは相方の熊だ。「スティックのりで〜、折り紙に貼ってぇ〜、また切ってぇ〜」と、ゴロリのイントネーションの再現がやたらと上手いのが腹立たしく、「もういいから！　早くウォーキング行きなよっ」と部屋から追い出した。こうしてワクワクさんの立場に立ってみると、ゴロリにいくら作業を中断されてもイラつくことなく、丁寧に教えてあげて心の広い人だと感心する。

　さて気を取り直して見てみると、想像以上にダサい。良かれと思って付けた金色の折り紙の縁取りが、いかにも金色の折り紙だなあという感じがする。中学の勉強ノートも、端からみたら顔を背けたくなるダサさだったことだろう。しかしまあ、このダサさが素朴界に通じる道なのかもしれない。ダサさを超えていこう。その後、人前でスマホを取り出す際にはなるべく餅太郎を表に出さないようにしている。

おわってる奴から順に振り返ることなく恵方に向かって走れ

素敵な雪の一日

雪が積もると損した気分になる。朝、起きたら「本日は積雪、路面凍結のためお休みで」と職場からメールがあり二度寝。一〇時過ぎに起きると友人から「今日休みになったから暇〜」と連絡があり、集合。とりあえず公園でキンキンに冷えた鉄棒を触ったり雪を投げたりしてふざけながら、スーパー銭湯で雪見風呂でも風流にキメますかという話になり、移動。露天風呂に出て「さむー！」と震えてサウナと往復。出たあとは飲食スペースでビールと蕎麦とタコの唐揚げで遅めの昼食。その後コンビニでピザポテトや冬限定スイーツを買い込んで、友人宅の炬燵でふたりとも偶然シーズン2までしか見られていなかったドラマ版『ファーゴ』の続きを鑑賞。帰り道、炬燵ってずっと入ってると疲れるな〜と伸びをすると、澄んだ夜空に星が輝いている……そういう素敵な雪の一日を想像して、そんな友人の存在しない現実にひどくガッカリするのだ。もちろん休みのメールなど来ていない。余計な期待などしないようにいつも心がけているハズなのに、雪と聞くとどうしても心がザワついてしまう。ニュースではアナウンサーが雪の情報を伝えながら、わざと一番雪が多く積もっているところに突っ込んで行き、足をずぶずぶ埋もれさせていた。画面の端には、雪を避けていつもと変わらない様子で通勤している人たちがいる。人はカメラを突きつけられると、何か過剰な行動をしなきゃと思わされるのだろうか。私ももしカメラを向けられたら、わざとよちよち歩いて雪に慣れない都会人を演じるかもしれない。

バスの遅延が原因で遅刻してもパートの時給分カットされてしまうので、念の為一～二本分早い時間にバス停に到着すると、ちょうど職場方面のバスが停車しているところだった。小走りでバスに乗り込み、ドア側の最前席が空いていたので座る。タイヤの上の高い席なので、前方の景色が見渡せて気分が良い。

この席が「アホ席」と呼ばれていることを最近知った。由来は諸説あると思うが、見晴らしが良いけれど事故が起こったときには一番危険な席なのだそうだ。しかし、よくよく考えてみると、お年寄りや妊婦さんには優先席や出口付近の降車しやすい席を、子連れやカップルにはふたり席を、大きい荷物を持った人やグループ客には一番後ろの広い席を譲ってあげたい。学生は同じ学校の人の目もあるだろうから、アホ席に座らせるのは可哀想である。「アホ席」に座っている人の中には、そういった周りへの配慮からアホを率先して引き受けている人もいるのではないだろうか。なので私はこの席を「気づかいピエロ席」と勝手に命名している。誰よりも高くにいながら誰よりも低く見られ、それでも皆の幸せを願うピエロの席なのだ。とはいえ、中にはこの席からの眺めを愛していて、先に誰かに座られているとガッカリする人もいるかもしれない。その人にとっては今の私は単に邪魔な奴だ。うつくしい雪でさえ、ある人を喜ばせ、ある人をガッカリさせる。なんて難易度の高い世界なんだろう。

職場の近くの駅に到着すると、出勤時間まではだいぶ時間があった。雪が降った翌日はカラッと晴れるイメージがあったが、どんよりした空からは傘を差すか迷うくらいの小雨が降っている。決して爽やかな気分ではないが、ぐるりと遠回りをして散歩することにした。雪の朝を満喫して、ちょっとでも損を取り返さなければ。まずはコンビニで温かい飲み物をゲットしよう。雪の日の素敵な飲み物といえば、コーンスープかホットココアかおしるこか。そう思っていたのにコンビニに入ったらつい肉まんを買ってしまった。同じくらいの値段ならば、ただの液体よりはひき肉やタケノコが入っている方がよりお得な気がしたのだ。朝食にロールパンを食べたハズだが、満喫のためには仕方がない。雪景色と肉まん、相性ピッタリだ。肉まんを仕事帰りに腹が減って食べることはあるけれど、仕事前に食べるのは初めての体験だ。旅行先に行く前にサービスエリアに寄って、昼食に支障をきたさない程度のテイクアウトグルメを食べるような非日常感がある。より非日常を味わいたくてすぐ近くの公園まで足を伸ばしたが、ベンチは濡れて座れないし木からは雨粒がボタボタ垂れてくるしで、またコンビニに戻ってきた。コンビニの軒下で食べていると、みんな雪道の中頑張って通勤しているのに、自分だけが肉まんを食べている呑気な人みたいで恥ずかしくなった。

「わ〜見て見て!」と甲高い声がしたので目を上げると、向かいの一軒家の前に、子どもがしゃがめば入れるサイズのかまくらが建っていた。かまくらに興味津々の幼児にお母さんがスマホを向けて「はいチーズ! ほら、こっち見て〜」とパシャパシャ写真撮影をしている。あの子にとっては人生初のかまくら体験なのかもしれない。すぐ目の前にあったのに、肉まんに夢中で全く気づかなかった。

あの一軒家に住んでいるおじさんのことを想像する。ここは小さな踏切の前の歩道なので、人が立ち止まりやすい場所だ。今日のように交通が乱れる日には、開かずの踏切になることもある。おじさんが早朝に雪かきをしていたところ、そうだ、せっかく雪を集めるならかまくらを作ろうと思い立った。かまくら作りなんて何年振りだろう。雪が崩れないよう穴を開けるのはなかなか骨の折れる作業だ。じわりと額に汗が滲む。若い頃のような体力もなく、だんだん腰も痛くなってきた。通行人や向かいのコンビニの客が、ちらと横目で見ながら何もなかったかのように足早に去っていく。よし、完成！　心地よい達成感だ。ちょっと小さめになってしまったが、踏切の向こうの幼稚園に通う子たちくらいなら余裕で入れるだろう。大人にとっては憂鬱な雪の日かもしれないが、子どもたちには雪は素敵なものだと思ってほしい——あのかまくらの空洞には、そんな優しさが詰まっていたのだ。二、三日後にはただの黒ずんだ雪の塊になるということが、かまくらとの遭遇を輝かしいものにしているように思う。

実際、あの一軒家に誰が住んでいるのか知らないけれど、私の妄想の中では完全に「気づかいピエロおじさん」が住んでいることになっていた。「気づかいピエロおじさん」が今日これから仕事だったらどうしよう。この小雨の中、立ちっぱなしの交通整理のアルバイトだったら腰が心配だ。「気づかいピエロおじさん」にはあったかい炬燵で疲れた身体を休めてほしい。そのままうたた寝してしまい、起きて外に出てみるとかまくらの周りには子どもたちが作った雪だるまや雪兎が賑やかに並んでいた。そういう素敵な雪の一日を過ごしてほしい。

やばっ！　のんびりしていたら遅刻してしまうと、慌ててゴミ箱に肉まんの包み紙を突っ込んで職場へと向かった。職場に到着すると、今朝はいつもより一時間早く家を出たとか、昨日の帰りは長距離歩いて筋肉痛だとか、雪の日特有の少しだけ高揚した連帯の空気が流れていた。今、目の前にいる人たちやバスの運転手、コンビニ店員や「気づかいピエロおじさん」、様々な人の力が合わさって、どこかの誰かの素敵な雪の一日が成り立っているんだなあとしみじみ思った。

それから数日が経ち、ＳＮＳで私の食べたコンビニの肉まんが、劇場版『ハイキュー!!』とのコラボ企画で、包み紙に人気キャラクターのイラストがプリントされていたらしいと知った。『ハイキュー!!』とは高校バレーボールの青春アニメで、熱烈なファンは三種類ある包み紙を綺麗に保存するために、店員に頼んで肉まんをタッパーに入れて持ち帰ったそうだ。しまった、包み紙なんてすぐにべろりとめくって表面など全然見ていなかった。日向くんか、影山くんか、研磨くんか、どのキャラクターが描かれていたか気になるではないか。実はこの世界には無数の「素敵」が仕掛けられていて、私などは相当数取りこぼしているのかもしれない。もしも死んだとき真っ黒な画面に〈人生〉達成率30％〈素敵〉獲得率18％、とか表示されたらかなり悔しいと思う。

あったかいおしるこのことあったかいおしっこに見えたのは雪のせい

ひな祭りの可能性

ひな祭りの日、Sが参鶏湯《サムゲタン》を作ると張り切っている。食べたことがないけれど、おそらく韓国料理の薬膳スープだと思う。もしかしたらひな祭りに韓国では参鶏湯を食べる習慣があって、今年の我が家は趣向を変えて韓国風パーティーをしようという計画だろうか。そう思ってインターネットで検索してみると、参鶏湯は「伏日」という韓国版・土用の丑の日に食べられるものだと書いてあった。つまりは、七月と八月の夏バテ防止の滋養食。ひな祭りとは関係なかった。

「なんで突然、参鶏湯?」と聞くと、「ネットで、炊飯器で作れる参鶏湯のレシピを見たから」とのこと。Sは以前にもSNSで「殺人級においしい」と評判になった「暗殺者のパスタ」という変わったネーミングの料理を作ってくれたことがあった。濃縮されたトマトの旨みとおこげの香ばしさが絶妙で、イタリアンレストランで食べたような満足感を得られる逸品だった。ガスコンロに飛び散ったトマトソースを掃除しながら、血飛沫の後始末をする暗殺者の手下の気分も味わうことになったが、いつも同じものを食べていては進化もないのでSの好奇心はありがたい。

関係ないとはいえ、参鶏湯とひな祭りって妙にしっくりくる気がする。なぜだろうと考えてみると、「参」の字が入っているから「三月三日」に合うという単純な理由からだった。ところで、ひな祭りの定番といえば、ちらし寿司だ。なぜ寿司？ 散らす意味ある？と気になって調べてみたところ、ちらし寿司は大正時代以降に食べられるようになったものらしい。食べられるようになった理由についても、「寿司自体がおめでたい食べ物だから」「見た目が華やかだから」とふわっとしている。入っている食材によって、海老は「長寿」、レンコンは「先を見通す」など縁起を担いでいるようで、ちょっと正月のおせちとも被っている。これは新しいひな祭りフードが入り込む隙があるのではないか？ 要は消費促進に繋がる納得感さえあれば良いのだ。

その点、参鶏湯はどうだろう。まずメイン食材の鶏肉は「幸せや運気を〝とり〟こむ」縁起の良い食材だ。また鶏は二本足で立つので、「子どもの自立」にも一役買ってくれそうな気がする。参鶏湯に欠かせない生姜については、親の「根生姜」も子の「新生姜」も育つので、お母さんとお子さん両方の成長と健康を願う行事だと謳うこともできそうである。さらにクコの実は中国で「不老長寿の薬」といわれ楊貴妃が毎日食べていたとの言い伝えがある。おや？　こじつけてみたら、結構良い線いってる気がする。正月にも寿司を食べたし、節分にも恵方巻きを食べたのに、また寿司？　どうせこどもの日には手巻き寿司なんでしょ?という、寿司に頼りすぎ問題の解決策の一つとなるかもしれない。

気分が乗ってきたので、他のひな祭りフードも考えてみたい。それでは、ベーグルサンドなんていかがだろうか？　想像してほしい。ベーグルサンドを半分に切る、そして縦に並べる、なんと「3」の形になるではないか。重要なのは断面だ。生ハムとアボカドのピンクとグリーンが、実にひな祭りっぽい。ベーグルはポーランドで「終わることのない人生の輪」を意味しているおめでたいパンだという。独特の噛み応えの良さから、「歯が丈夫になりますように」という願いも込めることが可能である。生ハムの豚肉は「トントン拍子にうまくいく」ということで縁起が良いし、アボカドの語源は「睾丸」という説があるのはまあ置いといて、アボカドはおいしい。ベーグルサンドなら野外でも気軽に食べられるし、パン業界がプッシュしてくれると思うとかなり心強い。ただ私が考えるまでもなく、とっくに「ひなベーグル」を売っている店はあると思う。

さて、Sの参鶏湯が仕上がるのを待つあいだにスーパーに買い物にやってきた。目的はマッコリだ。韓国版の白酒と言っても良いと思う。わからないけれど、韓国繋がりで参鶏湯に合うだろうと予想して気を利かせてみたのだ。一リットルのペットボトルを持ってレジに向かうと、おすすめ品コーナーにカルビーの「春ぽてと」が並んでいた。パッケージを見ると、チップスの断面図の下に「サクッ咲くカット！」と書いてある。（なに……？　サクッ咲くカットだと……？）と思い調べてみると、「夏ポテト」は「波なみカット」、「冬ポテト」は「モーグルカット」を使用していることがわかった。深切りだったり厚切りだったり、食感も違うらしい。これほどの企業努力が詰まっていたとは、強引なダジャレかと思ったことを謝りたい。つまみにも良さそうだし何より春らしいので、ふんわりサワークリーム味を購入した。

家に帰って玄関のドアを開けた途端、今までこの家で嗅いだことのない良い匂いがぶわっと鼻の穴に飛び込んできた。急いで靴を脱ぎ、「すっごい美味しそうな匂いがする！」とSに言うと、「なんか思ってた参鶏湯じゃないかも」と冴えない顔をしている。「いや〜でも絶対この匂いはおいしいに決まってるよ！　それに一回も参鶏湯を食べたことがないから、これが私の参鶏湯になるよ」と手を洗い、キッチンへ向かう。「本当はもち米で作るらしいんだけど、このためだけに買うのもなんだから普通の米で作ったから……」と言うので、「普通の米で大丈夫でしょ」と炊飯器を開けてみると、たしかにイメージした参鶏湯とは違った。事前に冷蔵庫の材料は見ていたので、丸ごとの鶏が浮かんでいるような本格的なものは想像していなかったが、炊飯器にできていたのはむしろ炊き込みご飯だった。水を全て吸ってしまったらしい。「あ～全吸水だね。でも中華風の炊き込みご飯って案外食べたことないし、炊き込みはひな祭りに合いそうだよ」と自分でもよくわからないフォローをしつつ、ひな祭りパーティーが始まった。

Sの作った参鶏湯は「ぬちょぬちょ」とか言い表しようのない食感で、お婆さんの洗濯糊を食べてしまう『舌切り雀』の昔話が頭をよぎった。静かな部屋に、ぬちゃ……ぬちょ……という音だけが響く。はじめは無言だったが、「炊き込みっていうか粥に近いね」「手羽先が食べづらいよね」「唐揚げでさえ食べづらいのに、手が米粒でべたべたになるからね、熱いし」「クコの実がちょっと邪魔だね」とポツポツ感想を言い合った。手羽の骨を掴みほろほろ崩れる肉を歯でこそげていると、原始的な気分になってきた。これは奈良時代、ひな祭りの儀式で土器を使って作られた供応料理の再現レシピである。そう言われたら信じてしまいそうだ。改めてちらし寿司は、大皿に盛って皆でシェアしやすい優秀な食べ物なのだと思った。翌日、余ったぬちょぬちょをラップでおにぎりにして食べたら、おこわおにぎりみたいでおいしかった。

それから数日経ち、マッコリと春ぽてとの存在を思い出した。参鶏湯の衝撃ですっかり忘れていたのだ。もはや参鶏湯に合うかは知りようもないが、マッコリは乳酸菌飲料のように飲みやすくて、サイダー割りにしてもおいしかった。春ぽてともホロっと軽い食感で美味い。やはり、サワークリーム味にハズレなし。マッコリサイダーを飲み春ぽてとを食べていたら、ふんわり違和感が生じてきた。隣の部屋にいたSに、「あのさ、マッコリ飲んでサワークリーム味のポテチ食べてたらゲロの味がするんだけど」と言いに行くと、「あ〜、口でゲロの味が出来上がることってたまにあるね」と思わぬ共感を示してくれた。あるんだ、そんなこと。なるほどマッコリは発酵飲料だし、サワークリームは酸味があるしで組み合わせの妙だったのだろう。

まずいみかん冷凍してもまずかったそれでも救いたいと思った

ハッピーチョコレートバースデー

二月一四日のバレンタインデーは、私の誕生日でもある。「愛の日」ということで何となくおめでたいうえに誕生日を覚えてもらいやすく、チョコバットやスーパーＢＩＧチョコなど、ちょっとしたチョコ菓子を友だちにもらう機会も多かった。私にとってバレンタインデーとは、チョコレートをあげる日というよりはもらう日なのだ。

今年は実家と義実家からチョコレートが届いた。開けてみると、なんと実家からは帝国ホテルのチョコレート、義実家からはベルギー王室御用達ブランドのチョコレートだった。普段、大袋にちょっとしか入っていないスカスカのファミリーパックのチョコ菓子に対して「ほぼ空気じゃん、ファミリーと銘打っておいて空虚が過ぎるでしょ」と文句を言いながら食べている身だ。帝国に王室、なにやら権威のありそうな言葉が並んでいるだけで、はは〜っとひれ伏したくなる。

帝国ホテルのチョコレートは五種類のハイカカオチョコレートの詰合せだった。小さな正方形の板チョコの包み紙には帝国ホテルのロゴと、58％、64％、70％、76％、82％とそれぞれ割合が記してある。数字の並ぶシンプルなデザインを見ていたらふと、「芸能・音楽の10点」「スポーツの50点」などジャンルと点数の表が書かれた、昭和のクイズ番組のパネルを思い出した。私がデザイナーだったら包み紙の裏側にチョコレートの豆知識クイズなど付けて遊び心を加えたいところだが、もちろん帝国ホテルはそんな俗っぽいことはしない。余計なものを削ぎ落とすことによってチョコレートの本質と向き合う商品なのだ。まずは初心者でも食べやすそうな58％から手をつけ、次は64％、ん？　味の違いがわからないぞ？と思いつつも、ちょっと甘いものがほしいときに罪悪感を感じず食べられて非常にありがたいチョコレートだった。

一方ベルギー王室御用達の方は、マカダミアナッツがごろごろ乗ったサブレをチョコレートでコーティングした焼き菓子だった。あまりの美味しさに、思わずどこに売っているのだろうとインターネットで検索してしまう。どうやら頂いたものは名古屋のタカシマヤ限定パッケージの商品で、中でも特に気に入った「ルビー」味は期間限定商品だとわかった。「ルビー」はピンク色だったのでてっきり苺味だと思ったが、二〇一七年に上海で発表された、ルビーカカオ豆という種類の豆からできている新しいチョコレートらしい。「約八〇年のチョコレート史上最大のイノベーション」と書いてある。チョコレート界にそんなおめでたいことが起きていたとは。調べるなんていやらしいとも思ったが、知ることによって選んでくれたありがたみがグッと増す。それにしても一体、なんでこんな気の利いたセレクトができるのだろう。

気の利いたセレクトといえば先日、土人形の展示の在廊日にお客さんに差し入れでいただいたお菓子も素晴らしかった。無印良品の「塩チョコスティックパイ」だ。「大人のパイの実って感じで、ハマってるお菓子です」と言って渡してくれたのだが、これは！　本当に大人のパイの実だ！と感動した。何より、次に無印良品に行ったときには自分でも買おうと楽しみが増えたし、差し入れの正解がわかったのでどこかに顔を出してみたくなった。今思えば、展示会場である書店のスタッフの皆さんと分けて食べられるよう考慮して、個包装一四本入りのお菓子を選んでくれたのだと思う。全く気の利かない私はまるまる家に持ち帰って独り占めしてしまった。

三月、ホワイトデーが近づいてきた。バレンタインデーがもらう日ということは、ホワイトデーは返す日だ。ハッピーだった二月が嘘のような深刻な顔で、何をお返しすればいいんだとパソコン画面の前で頭を抱える。なんせ相手は帝国と王室だ、ちょっと強すぎる。質量でねじ伏せるか、トリッキーな戦法でいくか。「おもしろチョコレート」と検索すると、「ウン」がつく幸運うんちチョコや、「総合惚れ薬　新ルンルンＬＯＶＥ錠」と書かれた薬瓶に入ったチョコ、おっぱいチョコなど、地方のスーパーの広々とした催事場を思い出すような懐かしい商品が出てきた。子どもの頃に恐竜の形のチョコなど買った気がする。

おもしろチョコレート界にもイノベーションは起きていないのだろうか。一九九九年のチョコエッグ販売くらいしか思い浮かばない。調べてみると「おもしろ枠」に入るかは微妙だが、二〇二二年にカルディで発売された、フルーツの散りばめられた板チョコを付属のハンマーで割って食べる商品が流行っていることがわかった。なるほど、ハンマーといえば正月の鏡開きで餅や酒樽を割るのを連想して、おめでたい感じがする。「割る」はネガティブな言葉なので「開く」と言い換えるように、「チョコ開き」と言ってもいいと思う。お子さんにハンマーを持たせて「せーの、よいしょ！　じゃあ次はおじいちゃんの番」とファミリーイベントとして楽しむのも良さそうだ。しかし、夜中にひとりハンマーを振りあげる母親を想像するとゾクっとする。

方向性を変えて、「今、ハマってるんです」って言えるものはなんだろうと考えることにした。ハマってるといえば、セブンイレブンの「ふわもち食感チョコチップスティック」をトースターでちょっと焼いて食べるのにハマっている。学生時代からチョコチップスナックパンは大好物で、そのまま食べるものだと思い込んでいた。しかし、ふと焼いてみたらもはやスイーツの域で衝撃を受けたのだ。中でもセブンイレブンのは、ふわふわで天使の祝福の味である。だめだ、今はこれ以上のチョコレートが思い浮かばない。

それでは、チョコレート以外で縁起の良い洋菓子を探してみる。フィナンシェはフランス語で、「金融家」「お金持ち」を意味する言葉で、金塊の形をしているから縁起が良いらしい。また「マドレーヌ」は、二枚貝を模して作られているので、ひな祭りにハマグリのお吸い物を飲むような感じで「夫婦円満」や「縁結び」に良いとされているようだ。デパ地下でよくフィナンシェとマドレーヌの詰め合わせを見かけるが、それほどおめでたいものだとは知らなかった。「金」と「縁」の両方を手に入れたらもう怖いものなしである。

コレだという決め手が見つからない中、救世主が現れたのはホワイトデー二日前のとある打ち合わせだった。手土産にいただいたお菓子がとても美味しかったのだ。「私、クッキーにチョコが挟まったお菓子が大好きでして」と言って渡されたので、ああラングドシャのことねと思っていたのだが、家で開けてみたらぜんぜん違った。うっかり「私も好きです、ラングドシャって『猫の舌』って意味らしいですよ」とわかったようなことを口にするところであった。危ない。クッキーにチョコが挟まったお菓子には違いないけれど、まるでまい泉のカツサンドみたいな風格である。一枚食べたときの満足感がすごい。

今週末、これを買いに行こうと心に決めた。何より「知り合いのオススメ」というのは、何て頼もしい後ろ盾だろう。ファミリーパックとチョコチップスナックパンに親しんでいる私とは違い、社会人として多くの人と関わり、数々の手土産を渡したり渡されたりしてきたであろう「知り合い」だ。万が一、『魔女の宅急便』の誕生日にニシンのパイをもらった孫のエピソードのように「私このクッキーにチョコが挟まったお菓子嫌いなのよね」と言われて惨敗したとしても、「私はそうは思いませんよ〜」と加勢してもらえる気がする。もちろんそんなことを言われるはずがないのだが、以前芸人さんのYouTubeで「差し入れクッキー多過ぎ問題」「売れてない若手芸人の家たにも一生分くらいのクッキーがあるときがある」という話を聞いてショックを受けたのだ。まさか、平和の象徴のようなクッキーが災い扱いされることがあるなんて。

今、デパ地下で購入した例の「クッキーにチョコが挟まったお菓子」が紙袋に入ったまま家の棚に置いてある。一緒にジュースやお酒など抱き合わせて送ろうか、なんて思っているうちにホワイトデーから一〇日以上経ち、だんだん面倒になってきてタイミングを逃したのだ。「遅くなってしまいましたが」の一言を添えて送るべきか、いっそのこと食べてしまおうか、こうしている今も賞味期限は迫っている。

バレンタインフェアで一粒換算をしてはいけない足がすくむぞ

二鷹

蘭バトル

以前、胡蝶蘭はおめでたさの象徴みたいな花だけれど花の中で一番好きだと言う人はいるのだろうか?と書いた。それからしばらくして、立川の国営昭和記念公園で「JOGA洋らん展」をやっているとの情報を得た。蘭に呼ばれている、そう直感した私は、立川駅を訪れた。

公園に向かって立川の街を歩いていると「立川開運招福ギャラリー」という文字が目に入った。ガラス越しに招き猫の背中が見えて、招き猫好きとしてはつい吸い込まれてしまう。高崎張子の伝統的な招き猫やオリジナルキャラ「夢~たん」の招き猫、ソーラーパネルで動く招き猫もある。何より気になったのは「福居さんと握手した青年がその場で一億円当選」と書いてあったことだ。開運招福ギャラリーは宝くじ売場の一角にあるのだけれど、名物店員の「福居さん」が働いているらしい。

「福が居る」宝くじ売り場とは、ちょっとできすぎていやしないか？　ときどき名前と職業が一致している人を見かけるが、神に選ばれし者という感じがする。フィギュアスケートの「羽生さん」は羽が生えたように舞うし、宇宙飛行士の「星出さん」は星から出る。ＮＨＫニュース気象予報士の「晴山さん」は快晴の日を増やしてくれそうだ。私も神に選ばれて名前とぴったりの職業に就きたいところだが「寺井」の字面から思い浮かぶのは、お寺の井戸の中にいるお化けだ。夏休みに肝試しに来た子どもたちを驚かせる役目ならなかなか楽しそうではある。

さて昭和記念公園が近づいてくると、立川の街とは少し違う空気を纏ったふたり組が歩いていた。一緒にいたＳに小声で「見て、絶対洋らん展に行く人だよ」と報告すると、「(『るろうに剣心―明治剣客浪漫譚―』の）四乃森蒼紫みたいだね」と言う。たしかに、明治モダンなファッションが素敵だ。胡蝶蘭は明治時代にイギリスから渡来したといわれる華族の社交場などで飾られた花、まさに彼らの雰囲気にぴったりである。対するＳはユニクロのジャージパンツ姿。何の予習もせずに来てしまったが「JOGA洋らん展」の「JOGA」が生け花の「草月流」のような格式高い流派のことだったら、我々はかなり浮いてしまうかもしれない。

ダンスの練習をする学生グループやファミリーで賑わう広場を突き進むと、会場の「花みどり文化センター」が見えてきた。美術館のような広々とした施設に入ると、おそらく園芸関係者らしきおじさんたち三〜四人が大きな声でワイワイ喋りながら歩いて行った。先ほど広場にいた、「次はあっち行ってみよーぜ！」とゲーム機を持って走り回っていた小学生たちと全く同じ空気感である。おじさんたちにとっては年に一度の学園祭のような感覚なのだろうか、お陰で緊張が解けてワクワクしてきた。

ちょうど愛好家の方々は講演の部屋に集まっているタイミングだったようで、展示室は程よく空いていた。まず圧倒されたのが、作品数と洋らんの多様さだ。私の知っている胡蝶蘭は蘭の中のごく一部だったようで、エイリアンのようなインパクトのある花もあれば、長い髭がぴょろぴょろ生えているもの、根っこがもりもりしたもの、ツノがにょきにょき生えているものなど、色も形もバラバラでとにかく種類が多い。

見進めていくと、ときどきリボンがぶら下がっている蘭があることに気がついた。青いリボンには「First place」と書いてあるので一位、続いて赤リボンが二位、白リボンが三位と、各部門ごとに順位がついているらしい。さらには「東京都知事賞」や「農林水産大臣賞」など特別賞もある。うっすら「JOGA洋らん展」の概要が摑めてきた。

これは蘭の世界での賞レースでもあるのだ。資生堂が協賛しているフレグランス審査部門なんてのもある。順に嗅いでみたが全て花のにおいがするな〜程度にしかわからず、鼻がむずむずしてくしゃみが出た。

「この中からそれぞれマイベスト賞を決めてあとで発表し合おう」とSに提案すると、「え〜、俺はいいや」と驚くほど乗ってこず、「あ、いいところに椅子がある」と座りに行ってしまった。せっかく昭和記念公園まで来たのに、思ったほどドラクエウォークのメガモンスターが出没しなかったことにガッカリしているらしい。私の目には蘭がモンスターのように魅力的に映っているのだが、まあ人それぞれなのでひとりでゆっくり回らせてもらうことにした。パネルには「パフィオペディラム属」「デンドロビューム属」「バンダとその近縁属」など、謎のかっこいい属性が書かれている。どうやら蘭には様々な属性がある上にさらに人工交配して進化させることもできるようで、何のこっちゃわからないなりにもやり込み要素満載であることが伝わってくる。

花に添えられた手書きの札を見たところ、個人で出品している人もいれば複数出品している大手の農園もあるようだ。かと思えば「台湾の野生ラン」と書かれた、岩から剝がしてきたみたいな変わり種もある。蘭と聞くと大豪邸のサンルームで紅茶片手に優雅に育てられているイメージだったが、古臭い偏見だったのかもしれない。

「ふっふっふっ、花の大きさ、色、バランス、どれをとっても今年の個体は完璧。長年の品種改良研究の成果だ。ブルーリボンの称号は我が農園にこそ相応しい……」

「ちょっと待った！」

「むむ！　誰だ貴様は？」

「その勝負、俺も混ぜてくれよな。今朝山奥で見つけたばかりの幻の新種、こいつで勝負だ！」

脳内では熱い蘭バトルが繰り広げられていた。

休憩しているSのところに行き、「審査の日に向けて仕上げたつもりの蘭がうまく咲かなくて、悔しくて泣いたりもするのかな。これだけ多くの人がこの賞に賭けてるんだもんね」と言うと、「大半が惰性なんじゃない？」との返答だった。Sの言う通り、仕事も趣味も半分は惰性でできているものだ。しかしその中心には、蘭に魅せられた者たちの熱い魂が宿っていると思う。もしかしたら自分は蘭に愛された人間じゃないかもしれない。もう蘭から離れよう。そう思っても来年こそは最高の花が咲くかもしれないと希望を捨てられない、蘭という呪いに取り憑かれた悲しきモンスターたちの戦いなのだ。

「お前、なかなかやるな。はじめて蘭と出会ったときの気持ちを思い出させてもらったよ」

「俺、あんたの蘭好きだぜ。大切に手入れしてもらってるのがわかる綺麗な顔してらあ」

とお互いを認め合ったからこそ、さっきのおじさんたちも少年のような友情関係になったのかもしれない。

もうちょっとだけ見てくるね、とSに伝え、見逃しのないよう目に焼き付ける。一周目には目に入らなかった小さな花がぐっと心に迫ってきたり、鉢と花の組み合わせのセンスに唸ったり、二周目には二周目のおもしろさがある。英語表記なので見逃していたが、手書きの札をよく見たら花の名前が書いてあることに気がついた。先ほどのエイリアンは「Dark Lip」髭ぴょろぴょろは「Black Knight（黒い騎士）」とカッコいい名前が付いている。他にも、「Sasameyuki（細雪）」「Yukiusagi（雪兎）」と情緒がある日本の名前や、「Shining Fuji」「Gold Rush」と縁起が良い名前のものもある。自分が名付けた蘭が賞を取り、世界中の蘭愛好家に認識されたらどんなに嬉しいだろう。

ふと蘭の隙間から、先ほどの明治モダンファッションのふたり組がいるのが見えた。彼らがどの蘭をマイベスト賞に選んだのか気になる。蘭はあまりに多様で、どんな格好のどんな嗜好の人にもぴったりハマる蘭がありそうだ。最後にSと販売コーナーを覗いた。ある店のワゴンに地味な私にも合いそうな、手の平サイズの素焼きの鉢に入った淡い青色の花を発見した。「Blue Fantasy(青い空想)」良い名前だ。値段を見ると、「一七五〇〇円」と書いてあった。なるほど。「Blue Fantasy」に見合う相棒になるにはもう少し鍛錬が必要なようだ。家に帰ったら、ベランダで惰性で育てているアロエに水をあげよう。

花を買う余裕ができたら活躍をさせる予定のプリンの小瓶

骨董メモリアル

Sと新宿で映画を観たあと、これからどうしようかという話になった。まだ昼時なので電車で移動して、「うえの桜まつり」に行くのはどうか？　桜を眺めながら屋台で団子や鮎の塩焼きなど食べて、おめでたいムードを味わうのはさぞ素敵だろう。しかし、既に映画で十分な満足を得ているのにさらに人の多い場所に突入していくほどのハングリー精神を持ち合わせていないのが、私の残念なところだ。お祭りとは、生命力に溢れた人たちのエネルギーをうまく発散させるためにあるものだと思う。生命力のない人間にとっては逆にエネルギーに飲み込まれてしまう。

先日、YouTubeで『ときめきメモリアル Girl's Side』のゲーム実況を見ていて、つくづく自分のエネルギーの乏しさを感じた。「ときメモ」の主人公は勉強、アルバイト、部活、デート、友だち付き合いを日々こなしている。その上で意中の男性のキャラクターを振り向かせるために祭りの前には計画的に浴衣を買ったり、バレンタインにはチョコレートを手作りしたりする。さらにはファッションの流行や相手の好みをリサーチするなど、欲しいものを手に入れるための行動力がすさまじいのだ。ぼんやりプレイしていたら何のイベントも発生せず、意中の相手の素敵なシーンも見ることなく青春時代が終わってしまう。

ゲーム実況を見ただけで言うのもなんだが、「ときメモ」から学んだことがある。人生の達成度を上げるには、今しか味わえないイベントをいかに発生させるかが重要なんじゃないだろうか。実は、ずっと「ときメモ」をいかがわしいゲームだと勘違いしていたが、実際には学ぶところが多い。本当は中学生くらいに体験して学びを実人生に生かすべきだったと、三〇代も終盤になってようやく気づいたのだった。ぜひとも義務教育に「ときメモ」を導入してほしい。

「ひとまずお腹がすいたから何か食べよう」と新宿をうろうろしていると、「天然鯛焼」という文字が目に飛び込んできた。天然水や天然塩もそうだが「天然」という響きは不思議とありがたみを感じさせる。にしても「天然鯛焼」って何?と思い調べてみると、一匹ずつ丁寧に焼く「一丁焼き」という焼き上げ製法のことらしい。たいやきに

「天然」と「養殖」があるなんて知らなかった。「養殖」の方は、生地を焼き型に流し入れて焼き、片側にあんこをのせて両側をパコっと合わせて一〇匹くらい一気に焼き上げる製法のことだそうだ。

熱々のプレミアムカスタードから上顎を守ろうとハフハフさせながら道路の向こう側に目をやると、花園神社で青空骨董市が開催されていた。これがもし「ときメモ」のデートスポットだったらあまりに地味すぎるが、せっかくなので寄ってみることにした。境内に入ると、古道具や古美術に古銭、着物など渋い品々が並んでいる。お客さんの六割ほどは海外からの観光客だ。奥に進むと、シートの上に天狗やひょっとこのお面が並んでいるのが見えた。他にも古い土人形や木彫りの熊、シーサーに埴輪など、おばあちゃん家の納戸にありそうなものが無造作に置かれている。

隣にいたSに「懐かしい〜、おばあちゃん家の匂いがする」と言うと、ちょうど横をお年寄りが通りかかって心臓が飛び出そうになった。決してあなたの事を言ったんじゃありませんよ！と心の中で言い訳をする。迂闊なことを口に出すものじゃないなと反省しつつしゃがみ込んで物色していると、すっと隣に店主がやってきて「ワンサウザンド　オーケー」と電卓を差し出してきた。もしかして外国人に見えたのだろうか？「ア～ハァイ」と外国人とも日本人とも取れる感じで曖昧に頷く。

そんな中、どうにも気になる品があった。「民芸まよけ」という紙が貼られた高さ二五センチほどの置物だ。日本版トーテムポールといった感じの棒状の木彫り人形で、ゲームの『ドンキーコング』にこういう顔の敵キャラがいた気がする。先程の店主に「おいくらですか？」と尋ねると、「それね～どこで作られたものかわかんないからね～、五〇〇円でいいよ」とのこと。半分消えかかっているが一応「軽井沢」と書いてある。知識豊富な骨董店の店主さえよくわからない魔除け人形なんて、次どこで出会えるかわからない。思わず「買います！」と即決した。のちにインターネットで調べたところ、「民芸まよけ」は長野県の白樺が生えている地域で一時期生産されていたものが飛び火して、各地域でもそれっぽいものがお土産として出回ったそうだ。それっぽいシリーズの中には「民芸まよけ山姥」もあり、さらに魔除け効果が高そうな恐ろしい顔をしていた。

Sに「良い買い物をした」と言うと、「まだあっちにも店がいっぱいあるよ。同じようなものが安く売ってるかもよ」と助言してくれた。「その通りだわ！　まずは一通り見ないとね」と気を引き締めたのも束の間、今度はお土産こけしが充実している店に釘付けになった。「お土産こけし」とは東北地方の伝統工芸品のこけしとは違い、観光ブームのときに全国各地の温泉街や観光地で売られていた創作こけしのことだ。箱の中にごちゃっと乱雑に入っている分、お気に入りを発掘する楽しさがある。どれもこれも可愛らしくて迷うが、五〇〇円コーナーから甲府土産の胡桃が胴体になっている河童こけしと、松島土産の貝殻が胴体になっている狸こけしの二体に絞った。

店主は先ほど高そうな日本刀が売れたこともあり上機嫌で、「狸はねえ、アメリカの人に人気！　河童はアジア系の人もみんな好きだね～」と言いながら、一〇〇円おまけしてくれた。狸は信楽焼にもあるように日本を象徴する縁起が良い動物だ。また河童は『河童のクゥと夏休み』などアニメにも登場するので海外でも知名度が高いのだろう。狸と河童への愛なら負けてないぞという気持ちで、店主に「ありがとう、大切にします！」と宣言して店を出た。両手にちっちゃなこけしを山盛り持っている人もいる。Sに「あんなに沢山、こけしコレクターなのかな？（まさか転売ヤー……？）」と言うと、「アメリカの物価ではちょっとしたサラダが四〇〇〇円くらいするからね。きっと彼らにとっては駄菓子を買うみたいなもので、お土産に配るんじゃない？」とのこと。なるほど、私がもし友人にフランスの蚤の市で買ったアンティークフェーヴ（陶人形）を貰ったら「おしゃれ〜！」と感激するだろうから、似たような感覚なのかもしれない。またまた迂闊に転売目的を疑ったことを、大反省した。

さらに通路を進むと、小さな人形が並ぶ店があった。すると突然、店主のおじさんの「やられたあ〜！　河童盗られた〜！」という声が辺りに響いた。「わ〜ひどいよ〜！　ちょと河童持ってった人〜お〜いっ！」と叫んでいる。話を聞いていると、犯行グループのうちのひとりが店主のおじさんと喋っているうちに、もうひとりがちいさな河童の人形を持ち去ったらしい。犯人の顔を見たという親切なお兄さんが探しに行ったが、「もうどこかに行ってしまったみたいです」と残念そうに戻ってきた。

おじさんは隣の店の人を呼んできて「ちょっと聞いてよ〜！　ここに置いてあったのに持ってっちゃってさあ、ほら、この河童と二つでセットなんだよ〜」と嘆いている。とても気の毒だしこんな風に思うのは不謹慎だが、「いや〜やられたよ〜」「そりゃあひどい！」と大騒ぎしている様子はどこか楽しげで、内容も「河童」についてなのでまるで落語の世界のようである。街がエネルギーに溢れていた江戸時代にタイムスリップしたような感覚に陥った。民芸品の上にひらひらと舞い散る桜の花びらがそんな気分にさせたのかもしれない。

花園神社青空骨董市は毎週日曜日にやっているらしい。私としては沢山のときめきを得たが、Sは「一つの店の滞在時間が誰よりも長すぎる」と呆れていたのでもう付き合ってはくれないだろう。こういうときばかりは奥底に潜んでいたハングリー精神が出現してしまうのだ。その夜、棚に飾った「民芸まよけ」に、窃盗犯は河童に尻子玉を抜かれる悪夢に毎晩うなされますように、そして後悔しておじさんのところに返しに行きますようにと願を掛けておいた。

想像の3倍デカい海老入りの炒飯みたいに誠実であれ

甦れ、感性

Sがゴールデンウィークに吉祥寺PARCOの屋上でやるイベントに「田我流《でんがりゅう》」が来るから一緒に行こうと誘ってくれた。田我流はSが好きな山梨県出身のラッパーだ。「あ〜、土人形づくりが終わりそうだったら行こうかな」と曖昧に返事をしつつ、ちんたら粘土をこねる。この頃、感性が衰えてきているのを感じていた。二〇代の頃は音楽を聴いて心が震え、自然と涙が溢れることもあった。しかしいつからか、音楽に対して心の傾け方がわからなくなっていた。再生してもすぐに気が散ってしまい、雑音だと感じて停止ボタンを押してしまう。YouTubeで最後まで聴けそうな音楽を求めて彷徨ううち「チベット僧侶によるチベット般若心経」に辿り着いた。お経を音楽として聴くなんてどうかと思うけれど、一つでも受け付けるものがあることは風邪のときのお粥のように心強い。

まだ、感性の死を認めたくない。イベント当日、私はPARCOの屋上にいた。手首には紙のリストバンド。犬の首輪と同じ、もうここから逃げられないという印だ。来たからには音楽と向き合おう。昼頃に起きたので、田我流の出番が夕方というのも来られた理由の一つだ。遠くに山々を望むこともできる屋上にはイベント用テントが並び、古着屋さんと古書店が軒を連ねていた。ちょっとしたフェス気分である。店を見て回ったあとは、ライブの待ち時間のあいだに土人形づくりの案を考えることにした。結局制作が途中のまま来てしまったのだ。

このとき作っていた土人形のテーマは「生活」だ。擬人化した猫に、日常生活の些細なあるあるを再現させている。入場の際にもらえる缶ビールを飲みながら行き交う人々を眺めていたら、「かき氷にいろんなシロップを欲張ってかけて微妙な色になっちゃった猫」「バーベキューでウインナーが炭になった猫」「暑くてクーラーボックスに足を突っ込む猫」「コロナビールにライムを突っ込もうとするが、大きくて入らなかった猫」など、なんだかリア充めいた案が出てきた。湿った布団の上では決して出てこないアイデアだ。たまには浮かれた空気を吸うのも良いものである。

するとライブステージの方から、サイドＭＣの男性の声が聞こえてきた。ＤＪの音楽に合わせて「どうノっても自由、それがゴールデンウィーク！」「知らない曲も知っているフリをすれば良いですからね」「熱中症に気をつけて水分はとってくださいね」「隣の人との間隔も気をつけて」と、ラジオ体操の先生のように丁寧なガイドをしてくれている。よく大道芸人などで「拍手が聞こえない」とジェスチャーで催促したり「ここ、笑うところですからね」なんて言う人がいるが、恐ろしくて近づけない。どうノっても自由、知っているフリをすれば良いという言葉はとても親切に感じた。

それから、トイレに行ったりお茶を買ったりしているうちに田我流の出番がやってきた。「そんなもんか？　パルコぶちこわそうぜ！」と観客を煽りながら登場した彼を見て感じたのは、圧倒的な主人公感だった。うわーっと歓声が空に吸い込まれ、黄金色の西日が輪郭を照らし出す。

感性の衰えは紛れもない事実だったようで、正直音楽についてはあまり覚えていない。「よかったらShall We Dance, Shall We Song」と言ってくれるのだが、申し訳ないことに全く予習してこられなかったのだ。コールアンドレスポンスの場面では口パクすらできず、周りの景色と同化したいと祈るしかなかった。曲の盛り上がりどきには「手を上げられる奴は手を上げて」と言われ、観客も手を伸ばして前後に動かす。

アイドルのライブでサイリウムを点灯したり振ったりするやつのヒップホップ版だと思う。どうにも自意識が邪魔をしてぎこちなくなってしまうし、下げるタイミングを察するのも難しい。

曲の途中で一斉にしゃがむ動作をする場面もあったのだが、これに関しては本当に何もわからなかった。えっ！　なになになに？　みんなでせーの、ジャンプってこと？全然タイミングわかんないんですけど！と頭の中がパニックになった。しかし、とうに空気を読むことを諦めて「わからなさ」の荒波にもまれる感覚は、妙な心地よさとおかしみがあった。

私の心に響いたのは、曲の合間に、次の曲紹介も兼ねて挟まれる「言葉」だった。圧倒的主人公から放たれる熱量のある言葉の数々に、横にいた男性グループからも「やべ〜かっこいい……」という声が聞こえてきた。例えばこんな言葉だ。

「時代はクソでも俺たちのマインドで、自分の周りの環境は変えられるって思ってる奴どれくらいいる？　それが俺たちがやってるコミュニティミュージックだぜ！　別に政治家なんかに頼らなくても、俺らしあわせになれるだろ」

彼らのミュージックに関しては勉強不足でわからないが、「自分の周りの環境は変えられる」には賛同の挙手をしたくなった。

どうも戦争映画の見過ぎで、万歳や敬礼など統一された仕草をする群衆を見るとゾッとしてしまう。けれど今手を上げる行為は、彼の言う「俺たち」という共同体に繋がるための意思表明なのかもしれないと思った。あるいはステージ側から見たらゆらゆらと揺れる手は、イソギンチャクのなびく海中のように美しい光景なのかもしれない。そう思うと、調和の取れた環境の一部になる行為も案外悪い気はしないのだった。

「自由にやろうぜ、折角こんなクソな世の中なんだからよ。おあつらえ向きだろ楽しむにはバッチリなロケーションじゃねえかよ。どうせだったら楽しもうぜ」

虚構じみたPARCOの屋上で共同体の目的があるとすれば、今を楽しむ。それだけなのだ。

「それぞれの人生にリスペクトが大切だぜ、愛なき時代、大切にしていきましょうそういうところを」

ライブはあっという間に終わった。ステージも仮設の小さなもので音質もガサガサ、田我流の姿も群衆の後頭部の隙間からチラチラ見えるだけだ。ヒップホップの歴史も文脈も知らない私が「言葉」をちゃんと受け取れたのかも怪しい。けれど、来てよかったと思った。帰り道、Sに「あの主人公感は一体何なんだろうね？」と尋ねると「嘘がないってことじゃない？」と返ってきた。なるほど。たしかに少年漫画などでは、嘘がない真っ直ぐな性格の主人公が多い。

「嘘がない」のはきっと「それぞれの人生にリスペクト」しているから、嘘を入れる必要がないのだと思う。リスペクトしている相手といるときは腹の探り合いやマウント合戦がないから、嘘という鎧はいらない。

「田我流」の言葉からは、リスペクトの対象は「自然」「街」「時間」「もうここにはいない仲間」とあらゆるものに向けられていることが伝わってきた。もしかして私が音楽を聴けなくなった感性の衰えについても、リスペクト不足が原因のひとつにあるのではないか？　世界へのリスペクト不足は虚無感に繋がる。しかし、不平等で人間が雑に扱われてしまう「こんなクソな世の中」では何もかもにリスペクトを向けるのは難しい。それでも、虚無に打ち勝つためには彼の言葉を思い出そう。

「昔はゴールデンウィークなんてケッて思ってたけど、この歳になると悪くねえなあ」

若い頃には見えなくて、この歳になって見えるものもある。まずは身の回りの「悪くねえなあ」を掻き集めることから、ちびちびと感性のエイジングケアを始めようと思う。

もう旬が過ぎた言葉も調味料なしで詩人はおいしくみせる

大盆栽祭り

　五月三日～五日の三日間、さいたま市の大宮にて「大盆栽まつり」が開催される。「盆栽市」でも十分なのに、「盆栽」を「大」と「まつり」でサンドするとは何ともおめでたいネーミングである。松や梅など縁起の良い盆栽は土人形のモチーフにすることもあり、一度実物を見てみたかった。これは良い機会だとSを誘って行くことにした。

　最終日の五日、電車を乗り継ぎ埼玉にやってきた。本当は午前中から見て回るハズだったのにもう昼である。原因は寝坊したこと。大宮駅周辺が会場だと思っていたのだが、歩くと四〇分かかると判明してもう一度電車に乗って土呂駅に移動したこと。途中、鰻を食べようと向かったお店が満席で諦めたことなどが重なり、つまりは下調べ不足によるものである。私は時間配分や段取りが大の苦手なのだ。パニックになりながら「本当にごめん！　おそらく最終日だから早めに盆栽を片付けちゃうと思うんだよね。とりあえず急いで見て回って、屋台とかあったら軽く食べよう」と言うと、「あのさ、ディズニーランドレベルの焦り方してるけど盆栽だよ？」と呆れられた。

そんなドタバタの末の土呂駅である。目の前に広がるのはがらんとしたロータリーと「大盆栽まつり」と書かれた幟が申し訳程度に立っているだけだ。「え？　もう終了した？」と青ざめていると、Sが置いてあったパンフレットを持ってきて「『盆栽村』ってのが会場だからもう少し向こうだよ」と教えてくれた。それにしても人がいない。なんせ「まつり」なのだ。駅を降りると大勢の人。海外からの観光客。大きなゲートと「盆栽のぼんちゃん」的なゆるキャラの着ぐるみがお出迎え。大通りにはずらっと盆栽の展示と両サイドには屋台や商店街の人たちが売る名物グルメ。脳内には「私の大盆栽祭り」が出来上がっていた。そのイメージと現実の差異にうっかり引いてしまったのだった。

とにもかくにも盆栽を見なければ。まず到着したのが大宮盆栽美術館だ。ここは程よくお客さんで賑わっていたのでホッとした。驚いたのが、Sがかなり盆栽に食いついていることだ。以前一緒に「洋らん展」に行ったときは、花に興味を示さずほぼベンチで休憩していた。どうしたものかと見てみると、パネルに書かれた解説文を読んで盆栽についての「理《ことわり》」を知るのが楽しいようだ。なるほど洋らん展では文字情報がなく花とフィーリングで向き合うしかなかった。ゲームのチュートリアルプレイのように導入説明があるとないとでは、その世界への入りやすさが全然違ってくる。中でも盆栽の鑑賞方法ついて、重要だと思った文章がある。

［腰を下ろして盆栽を見上げてみてください。それまで見下ろしていた木はたちどころに姿を消し、代わりに大樹が現れます。小さな木の中には小宇宙が凝縮されています］

「小宇宙」と聞いてまず思い浮かべたのはマーベル作品の『ロキ』シリーズだ。ロキは北欧神話にルーツを持つ神様のキャラクターなのだが、重要なモチーフとして「世界樹ユグドラシル」が出てくる。「なるほどなるほど。盆栽を見上げて、そこに宇宙や神、時間や物語を感じればいいってことね」と一瞬で自分なりのプレイ方法を理解した。

実際に屈んで見上げてみると、盆栽の見え方が全く違う。ぎゅ〜っと自分を縮小し、ミニチュア人間になって大樹の下に立っている感覚にチューニングする。森林浴をしているようで心がスーっと澄んでくる。するとSがやってきて「この楓ってカナダのやつ？　メープルシロップ？」とでかい声で言うので、思わず（ちょっと……！　バカっぽいからやめてよ……）と言ってしまった。調べたところメープルはカエデで合っていた。木を見上げてカナダの大自然を想像すれば良かったのかもしれない。
もう一つ恥ずかしかったことがある。「懸崖」という崖から垂れ下がる形に仕立てた盆栽の種類があるのだが、そういう盆栽を見るたびにSが「オダギリジョーだ！」と言うことだ。確かにアシンメトリーに枝が垂れる様子は、映画『ゆれる』の舞台挨拶などで見たオダギリジョーの髪型を彷彿とさせる。盆栽が仕上がっていくのが楽しいように、当時のスタイリストさんはどこまで髪を横に持っていくことができるか腕をふるったのだろう。「懸崖」が覚えづらい言葉なのもあり、私もすっかり「この盆栽、見事なオダギリだね」と定着してしまった。
素敵だと思ったのが「ジン、シャリ」の概念だ。美術館の説明によると
［歳月を経た松や真柏では、幹や枝の一部が枯れてそのままの形を残すことがあります。こうした幹は白い肌を見せることで、緑色の葉と美しいコントラストを生み出します。枝先のものを「ジン（神）」、幹の一部が枯れたものを「シャリ（舎利）」と呼びます。］
とのこと。人間でいったら白髪みたいなものだろうか。動物に対しては「若鶏のからあげ」や「子羊のロースト」のように若さが重宝されるけれど、植物界では老化が

神や仏に匹敵する価値なのだ。コレクションには樹齢八〇〇年、一〇〇〇年の貴重な木もあって、その神々しい姿にははーっと拝みたい気持ちになった。

それから美術館の二階にある休憩所で、盆栽庭園を見下ろしながら水出しコーヒーとレモンパイを食べた。朝から飲まず食わずだった身体にほろ苦さと甘さが沁みる。Sが「さっきまであんなにわーわー焦ってたくせに何チルアウトしてんの」と笑うので、「腹が減ってたんだろうね。まさかこんなに穏やかな気持ちになるとはね」と微笑んだ。その後物販コーナーで盆栽のメモ帳やクリアファイルを買っていると、Sも「これ『盆サイダー』だって!」と荷物になるのに瓶のサイダーを2本も買っていた。もしここが盆栽テーマパークだったら盆栽のぬいぐるみやポップコーン容器も買っていたと思う。それくらい盆栽ハイになっていたのだ。

それから美術館を出て少し歩き、「盆栽村」に到着した。六つある盆栽園は一部しか回れなかったが、「芙蓉園」には盆栽美術館と同レベルの立派な盆栽がずらずらと並び、これ以上ないいんじゃないかという垂れ具合の「オダギリ」も見ることができた。S曰く「芙蓉園の盆栽は無理せず、生き生きしている」とのこと。また、通りには一〇〇店近く露店が並び、多くのお客さんが買い物を楽しんでいた。初心者向けのミニ盆栽を売る店もある。

露天の店主のおじさんが「五葉松は高山植物だからね〜、神々しくて清楚！　こっちの黒松は荒々しいでしょ」と説明している。そう言われてみると、気高く凜とした佇まいの五葉松のことが気になってきた。「御用を待つ」つまり「良い仕事が舞い込みますように」という意味で縁起が良いらしい。しかし、「これいいなあ」と思う盆栽はびっくりする価格である。

よく『サザエさん』でカツオに盆栽を壊されて波平が「バカもーん！」と怒っている場面があるが、何十年も丹精込めて育てた盆栽を壊された日には誰もいないところで声を上げて泣いたと思う。特に「ジン、シャリ」のあるものだったら神殺しに相当する罪だ。犯人が実の息子とはあまりに無慈悲すぎる。これまでは盆栽への解像度が低くて、エピソードのむごさに気づけなかったのだ。

「大盆栽まつり」には、地域の小学生の盆栽作品を展示するコーナーもあった。決してカツオのような過ちを犯さないよう、幼少期から盆栽教育を徹底的に植え付ける意図もあるのではないだろうか。小学生が育てたとは思えない、どれも立派に仕上がった本格的な盆栽である。「まず入学式の日に盆栽を贈呈されるのかな」「世話をサボって枯らしちゃった、なんて言ったら校長室に連れていかれそうだね」「夏休みにベランダに出しておいたら台風で折れちゃった、もありそうだよね」「持ち帰らずに学校で管理してるんじゃないかな」「優しい用務員さんがいてさ、盆栽のことは○○さんだけが頼りなんですよ〜、これも大宮のためだからって言われて世話係を押し付けられていたとしたら、結構な負担だろうね」「盆栽手当出してあげてほしいよ」と、想像上の用務員さんに対して同情してしまった。

市民の展示コーナーでは、楓の木陰にピカチュウや水辺のヤドンを配置して、盆の上にポケモンの世界を表現している人もいた。Sは「え？　盆栽って抽象的に大樹や小宇宙を想像するものなんだよね、こんな具体にしちゃってるのはアリなの？」と戸惑っていたが、まあ盆栽の世界も色々奥が深いのだろう。

先日SNSで盆栽が話題になっていると思ったら、人気グループの「Number_i」が盆栽がテーマの曲をMステで発表したそうだ。その名も『BON』。歌詞に登場する「針金」は、盆栽の幹を縛っているように見えて立派に成長するために必要不可欠なもの。つまり「針金」とは「Number_i」を支える「ファン」のことである。「私たち良い針金になりましょうね」とファンたちのあいだで解釈を深めて盛り上がっていた。これほど「針金」に感情移入される日が来るとは、盆栽村の皆さんもお喜びのことだろう。盆栽の未来は明るい。

わたしたち正しく枯れていきましょう生きのびてきた証ですから

ちゃん系ラーメン道

風呂あがりのこと。もう深夜二時半を回っているので寝る支度をしなきゃと思うのに、濡れた髪のままソファから動けない。消音設定のテレビ画面には、畳一枚ほどの小さな厨房を行き来するひとりの料理人の映像が流れていた。長ネギが「ネギ平ジュニア」と書かれた電動マシンにあっという間に吸い込まれ、刻まれていく。残った部分は包丁で切る。なんだこのすいすい踊るような包丁の動きは。取り外したネギマシンの小さな刃を、タオルの上に置かれた研ぎ石の上で何度も滑らせる。次に包丁も研ぎ、除菌スプレーでマシンと調理台を消毒する。それだけの映像なのに、なぜだろう心を摑んで離さない。

その後も鍋から灰汁を取ったり、炊き上がった大量の米を保温釜に移したりと淡々と業務が進む。映画『南極料理人』のようにシズル感のあるおいしそうな調理の場面でもなければ、『かもめ食堂』のようにおままごと心をくすぐるお洒落な調理器具もないのに、全てが機能的で効率的で魅せられるのだ。無駄な動きが一切なく、手が美しい。フィクションでは表現できない、毎日のルーティンによる研ぎ澄まされた「美」である。一斗缶から柄杓で掬われた真っ白なラードがスープに足され、ラーメンの仕込み中であることがわかった。

しばらくしてSが風呂から出てきたので「これ何?」と聞くと、YouTubeの動画を見ていて消し忘れたので、関連動画が垂れ流しになってしまったとのこと。映っているのは新橋にある行列のできる立ち食いラーメン店「ニューともちんラーメン」で、同系列の「ちゃん系」というジャンルのラーメンが巷で流行っているそうだ。切り立てのチャーシューと多加水麺が有名で、ご飯が無料サービスなのが特徴らしい。

「今ずっと見てたんだけどね。彼の動きがあまりに洗練されてて、無音なのにいつまでも見てられるのよ」

「へ〜なんだか任侠の世界の人みたいだね」

「普通に優しそうな人だったけど。義理人情には厚いだろうね。この人が弟分だったら全信頼を預けちゃうね」

「そんな人こそ実は女が弱点で、駆け落ちするかもしれないよ」

「いーや、この人はそんなことしないね。何があってもラーメンのことは裏切らないよ。ストイックさが滲み出てるもん」

と、今ほんのちょっと見ただけなのに出鱈目なことをあーだこーだ言いながら続きを見る。

その後、店のオープンと同時に六、七名ほどのお客さんが入ってきて小さなカウンターはぎゅうぎゅうになった。この人数をひとりで回すらしい。まず驚くのが、サービスご飯の盛り付けがとにかく手早く美しいことだ。私が盛るとしゃもじが米粒だらけになって、それを茶碗になすりつけるものだからどうにも汚い。手首の動かし方からして全然違う気がする。

一番の山場が、スープの入った丼に麺が入水していく場面だ。麺が丼のふちからスーッと滑っていく様子はまるで保護していたイルカが海へと帰っていくよう。縮こまっていた麺がようやく本来の姿を取り戻す場面に思わずジーンとくる。料理動画でこんな気持ちになるのは初めてだ。

そもそも私はあまり料理動画を見たことがないのだった。SNSでよく「料理家の〇〇さんのレシピでつくってみました」という投稿を見かけるが、調味料を計ったこともない自分からするといまいちピンとこない。「肉」と「じゃが」が合わさったら肉じゃがじゃん？　別に料理家の〇〇さんの手柄じゃなくない？くらいに思っていた。しかし、今回の動画を見て料理人への憧憬の念が芽生えた気がした。真似できるとは全く思わないが、爪の垢を煎じて飲みたい気持ちだ。

そして、惜しみない量のチャーシューとネギとメンマが完璧なバランスで載せられたラーメンが完成した。スープがなみなみ入っていて、店主自ら腕をのばして丁寧に目の前まで届けてくれる。Sが、「この前見た盆栽と一緒でさ、ラーメンにも正面があるんだろうね」と言う。たしかにメンマは左、ネギは右、トッピングのわかめは奥と決まりがありそうだ。サービスのご飯を置くときも、茶道で客人の前にお茶が置かれるときのように所作が美しい。そうか、この様式美は料理というより茶道を見ている感覚に近いのかもしれない。狭い空間に釜があって柄杓があって、器にスープを入れるビジュアルもなんとなく茶道っぽい。

お客さんにも禅の精神が伝わるのだろう。じっと背筋を伸ばして着丼を見守り、置かれると一礼して手を合わせから食べている人もいる。出てきたお客さんたちにインタビューをする場面もあったが、皆ひとっ風呂浴びてきたようなすっきりした顔つきで目をキラキラさせていた。「ニューともちんラーメン」に通えば身体の聖と俗とのバランスが整いそうである。

Sに「あんな風に淡々とやるべきことをこなせる人は、我々みたいな堕落した人間のことを見たら腹が立つのかな」と言うと、「きっと他人のことなんて気にしないよ、常に最善を尽くすのみだよ」と言われてその通りだと思った。私は決してあそこでアルバイトすることはできないだろう。店主に許されたとしても、あの場に怠惰を持ち込んでしまう自分自身が許せない。今もこうして明日パートで朝早いというのに、動画に夢中になって夜更かししているのだ。

週末、Sと高円寺の「ともちんラーメン」を訪れた。動画の彼が以前店長として働いていた店らしい。食券を買って「ともちんラーメン」に入ると、オープンキッチンの中に四名のスタッフと、L字型のカウンターにぎっしりのお客さんがいた。席数は「ニューともちんラーメン」と比べて二倍はありそうだ。女性客や子連れもいるし、立ち食いではなく椅子があるので初心者も安心できる。

一番奥の席に座ると、目の前にいる若いスタッフはひたすら淡々とチャーシューを切っていた。「ニューともちんラーメン」の動画ではチャーシューを切るのも機械を使っていたが、本来は手で切った方がおいしかったり香りが立ったりするのだろうか？　それとも、お坊さんがルンバのある時代にあえて徳を積むために手で掃除をする感じ？　まずは自分で苦労をして切ることでチャーシューマシンや「ネギ平ジュニア」にリスペクトの気持ちが湧き、動画の彼みたいに道具を大切に扱えるようになるのかもしれない。

チャーシュー切りに見とれていると、まもなくラーメンが提供された。一口食べてみると想像以上にスープが熱々で、慌ててお冷やを口に含んだ。口内で「熱」と「冷」が中和されていく。ふう、座禅中に棒で叩かれた気分だ。いかんいかん、ちゃんと集中してラーメンと向き合わねば。しょっぱくて、ラードの効果なのか最後までスープが熱くて、身体には良くないだろうけれど身が清められる気がする不思議なラーメンだった。店から出ると、風呂上がりのように汗だくだった。Sと脇道に入って一旦立ち止まり、ハンカチで額を拭きながら「チャーシューおいしかったね」「スープしょっぱかったね」「うん、しょっぱかった」と、薄い感想を交わし合った。

今回はビビってしまい無料サービスのご飯までいけなかったことが悔やまれるが、

チャーシューを全部食べきれただけでも胃弱の自分としては上出来だと思うことにしよう。もうすこし高円寺で修行して胃と精神を鍛えたあかつきには、動画の彼の前に立ってラーメンを食べてみたい。

自信持とうポテトチップス半分でやめられたとき格好よかった

気象神社

まもなく梅雨がやってくる。こんな時期にぴったりの、好きな俳句がある。

走り梅雨ちりめんじゃこがはねまわる　坪内稔典

走り梅雨とはまさに今頃、梅雨に先立って現れるぐずついた天気のことだ。干されてすっかりカピカピになってしまったしらすたちが、雨の恵みを受けて「わーい！生き返る～！」とぴちぴち跳ね回っている様子を想像すると微笑ましい。あるいは単に炒飯やふりかけにされるためにフライパンで炒られている描写なのかもしれないし、パワーが有り余った子どもたちが跳ねている様子がしらすに見えたのかもしれない。どのように捉えても、どことなくワクワクする句だ。

週末、良い天気にいてもたってもいられなくなり、やりかけの仕事を置いて高円寺にやってきた。この頃は気圧のせいか眠くてだるくてやる気が出ず、健康のためにも日光は浴びられるときに浴びておいた方がいい。いたしかたないぜ！とラーメン店を目指す。「いたしかたないぜ！」は最近気に入っている言葉だ。少年漫画の主人公をイメージして「多少の出費は、いたしかたないぜ！」などとハキハキ発音するのがポイントだ。「しょうがない」より響きが明るくて前向きになれる気がする。

商店街を歩いて行くと、全身真っ赤なファッションに身を包んだおじさんがいた。パンダの顔のキャップがアクセントになっていて、縁起の良い気分になる。高円寺という街は好きなものを身につけている人に対して誰も「どうした？（笑）」なんて尋ねたりせず、当たり前として気にも留めない空気が心地良い。その後全身黒色ファッションの人も見かけた。古くから青、赤、黄、白、黒は森羅万象を表し、五色揃うと最強の魔除けとされる。あと青、黄、白色の人と出会えば何か良いことがありそうである。

ラーメンを食べ終えて、駅から徒歩五分の距離なのに最近存在を知った「気象神社」に向かう。気象神社は氷川神社の一角にあった。入口にある看板の「気象神社」の文字の横には、はっきり「全国唯一」と書かれている。さすが、アピールすべきところはしっかりしているところに好感が持てる。私の出身地・愛知でも何かに特化していることをアピールしている神社仏閣がいくつかある。不気味な鬼や桃太郎のコンクリート像が並ぶ「桃太郎神社」は珍スポット好きなら一度は訪れるテーマパークみたいな場所だ。いつか行ってみたいと思っているのが、男性のシンボルに特化している奇祭でも有名な「田縣《たかた》神社」、おっぱいに特化しておっぱい絵馬が人気の「間々《まま》観音」、かぼちゃに特化して「幸せのかぼちゃ」像のある「妙善寺」、漬け物の神様を祀る「萱津《かやづ》神社」。歴史的な由緒のある神社仏閣と競争することなく、狭く深くがめつく生き残ろうとしているところが素晴らしい。

高円寺にもこんなスポットがあったとは。「気象」は誰もが無関係ではいられないもので、よくぞ目を付けたと感心してしまう。雷の神だけでも十分立派なのに、気象の神は「晴」「曇」「雨」「雪」「雷」「風」「霜」「霧」と八つの気象を司っているのだ。最強すぎて、さすがに神社仏閣界もざわついたのではないだろうか。さらに新海誠監督のアニメ映画『天気の子』の中にも登場したということで、境内は若者やご婦人グループで賑わっていた。

手水舎に行くと、大きな手水鉢が一面花で埋め尽くされていた。なんとも美しい、金を持て余した大富豪が入る風呂みたいだ。青い紫陽花にピンクの菊、黄緑の大きな花はカーネーションだろうか。そこらに生えていたものを切って浮かべたというよりはしっかり計算して作られたアート作品である。調べてみると「花手水」という名称で、二〇一八年頃からSNSで注目され全国でブームになっていたらしい。氷川神社では契約した生花店が担当しているようで、季節によって交換するたびにXに投稿していた。さすが、こういうところも抜け目ない。もし羽虫に生まれ変わったとして、この水に浮かんで力尽きて死ねたらどんなに素敵だろう。

奥に進むと、気象神社の参道に下駄の形の絵馬とカラフルなてるてる坊主のお守りが吊るされていた。この光景こそ『天気の子』の中のとあるシーンに出てきたのだった。その効果もあり人気なのだろう、絵馬掛けは何台も設置され、どれもぎっちぎちに絵馬がひしめき合っていてテンションが上がる。私は人様の短冊や絵馬のお願い事を鑑賞するのが大好きだ。褒められた趣味ではないが、いたしかたないぜ！　謹んで鑑賞させてもらおう。

とはいえ気象しばりの絵馬なので、フリースタイルの七夕のようにオリジナリティのある願い事は発見できない。時期にもよりそうだが、一番多く目に付いたのは結婚式と新婚旅行の快晴を願うものだった。次はフェスや試合・マーケットなど、イベント関係者やファンによる開催祈願だ。結婚式はたとえ雨でも「雨降って地固まる」と縁起がいいが、イベント中止の経済・機会損失を考えると優先的に叶えてあげてほしくなる。そもそも新婚旅行先がハワイやヨーロッパだった場合、さすがに司っている気象の管轄外ではなかろうか。

他には「気象予報士に次こそ合格よろしくお願いします」という願い事もあった。今後一番のお得意先になる人なのだから、ここは気象の神様の腕の見せ所だ。生真面目そうな文字を見ていると、小さな頃から空を見上げるのが好きで『天気の子』を観て気象予報士になりたいと思ったピュアな子なんじゃないか。何度も試験に落ちて、それでも頑張っているんじゃないかと想像が膨らんで勝手に肩入れしたくなった。

一年間の山に登るスケジュールをびっちり書いている人もいた。一つの絵馬で全日程晴れにしてくれというのは欲深いが、ひとつひとつ山の名前を律儀に記載してあるところを見ると信仰心の強さが窺えて、神様も放ってはおけないと思う。山の天気こそ命に関わるので、神頼みしたくなる気持ちも理解できる。そんな切実な願いとは逆に、「ひたすらとにかく晴れますように」と書いている呑気な人もいた。

あと気になったのは「今年も猛暑になりますように」と書かれた絵馬だ。夏が好きな私でも猛暑はやはり辛いから、余程の訳がありそうだ。この夏オープンのかき氷屋さん？　冷感アイデアグッズ開発で一発当てたい人？　以前ニュースで、猛暑だと自転車のタイヤの空気が膨張してパンクしやすくなるので自転車店が大繁盛していると聞いたことがある。風が吹けば桶屋が儲かるように、猛暑に期待している人が意外と多いのかもしれない。

よくわからないのが、「脱・雨男（女）」のお願いだ。外の現場で働く人はしょっちゅう雨に降られてゲリラ豪雨にも困っていそうだけれど、周りも同じ目にあっているので自分が雨男（女）だとは思わない気がする。となると、たまのお出かけがいつも予期せぬ雨の日に当たるということだろうか。ポジティブに考えると、それだけこれまでの人生で楽しみな予定が多かったということだろう。あるいは、「うわーまたお前がいるから雨だよ」と責められるなどして誰かに雨男（女）だと刷り込まれてきたパターンもありそうだ。だったら持つ必要のない罪悪感は捨てて、ありもしない雨の責任など気象の神様に丸投げしてしまえば良いと思う。

一番印象に残ったのが「ここぞというときに晴れますように」という願い事だ。思わず（いやいやいや～「ここぞというときに」って都合がいい言葉だな）と笑ってしまったものの、しばらく経つと（ん？　意外と悪くないかも？）と思えてきた。ここまで絵馬を鑑賞してきて、だんだん「曇り」のことが気の毒になってきたところだった。嫌われるどころか、誰ひとり触れてすらいない。快晴ばかり求められたって、ときにはぐずぐずしてしまう日もあるだろう。多様な天候があるからおもしろい俳句も生まれ、良い映画のシーンも撮れるのだ。だんだんこの絵馬を描いた人が「自分、基本どの天気も楽しいっす！　曇りも雨も好きっす！　ここぞというときだけ、どうか助けてほしいっす」と願う可愛げのあるキャラクターに思えてきた。適当に書いたように見えて、短く簡潔にまとまっているのかもしれない。

そうこうしているうちに気象神社が混み合ってきて、拝殿には長い行列ができていた。今後お出掛けの予定もない自分は、空いている氷川神社の方に行って参拝した。

「ここぞというときに頑張れますように。たまに報われますように」

近ごろの我が家のぬいぐるみたちがしょぼくれてるの梅雨だからかな

号泣宝塚

編集者のTさんが「宝塚へ行きませんか?」と誘ってくれた。「大階段を、羽根を背負ったトップスターが降りてくるんです。そのときの多幸感といったら!」宝塚は芝居とショーの二部構成になっていて、どんなに芝居が微妙だったとしてもその後のショーで大満足できるらしい。「羽根って、あのぶわ〜って孔雀みたいなやつですよね」と、聞き飽きたであろう返しをしてしまった私にも嫌な顔ひとつせず、「あの羽根をみたら誰もがテンションが上がります!」と言う。確かに羽根というのは不思議とおめでたさを感じさせるものだ。ただの餃子が出てきても普通だが、羽根付きの餃子が丸い皿にぐるりと並んでいるのを見ると「わー!」と拍手したくなる。

「宝塚、ぜひ行きたいです」とは言ったものの、私などが行っていいのだろうか?と不安がよぎる。子どもの頃から「キャ〜♡かっこいい(かわいい)」と心をときめかせる感受性が欠如していた。周りが『美少女戦士セーラームーン』で盛り上がっていた頃には『コジコジ』が好きで、周りがジャニーズアイドルに夢中の頃には『ピューと吹く！　ジャガー』が好きだった。どちらもナンセンスなギャグ漫画で、『コジコジ』ではヨーロッパ貴族風の襞襟を着たキャラクターに対して「首のところが少し変だね」と言う台詞があったり、『ピューと吹く！　ジャガー』ではジャガーさんが「乙女チック花言葉研究サークル」のオフ会で、背に羽根が付いてフリフリの服を着た「イボンヌ」に扮装する場面があったりする。実は「イボンヌ」は、スカートが透け透けでブリーフパンツが丸見えなのだ。

良くも悪くもこうした人間の痛々しい部分を笑うカルチャーで育ってしまった自分からすると、宝塚の独特な世界観や「羽根」に対してどのような感情を抱くのか不安があった。とはいえ、大人になった今なら多少学習して情緒も発達してきているはずだ。もしかすると新しい扉が開くかもしれないという期待も抱いていた。

当日、東京宝塚劇場前に到着すると既にTさんは到着していて、「まだ少し時間があるので」と隣の商業施設の中にある「キャトルレーヴ」というグッズの店を案内してくれた。過去作品のＤＶＤから専門誌、トップスターの監修グッズとTさんによる学芸員のような解説ツアーが続く。中にはＬＥＤ台座付トップスターの全身アクリルスタンドなんてのもあって、卓上用の光るブッダマシーンを思い出した。やはりこれも拝む用だろうか。なんと七〇〇〇円とお値段もブッダマシーン並だけれど音声は流れず、七色に光るらしい。

他にもおもしろいグッズがないかと思い、ハッとする。ここはヴィレッジヴァンガードではないのだ。注目すべきは「おもしろ」ではなく「美」や「愛」であり、茶化すような視線を向けるのは失礼だ。宝塚ではいわゆる「推し」のことを「贔屓」と言うらしい。もしかして未来の贔屓がこの中にいるのだろうかとポストカードコーナーを見ると、退団する生徒さんの持つブーケが見たことのない大きさで「でかっ」と叫んでしまった。

さて、東京宝塚劇場に戻り入口を進むと紅い絨毯が敷かれた階段と、豪華絢爛なシャンデリアが待ち構えていた。階段というのは異界への入口である。現実から夢の国へ。席に着くとＴさんに「寺井さんの今日の服装、ちょっと宝塚を意識しました?」と言われてギクっとする。実は事前にインターネットで、失礼にならないようにと観劇の服装マナーを調べていた。「ちょっと良いレストランに行くときのワンピースでＯＫ」

と書いてあったが、ワンピースなど一着も持っていない。やむを得ずフォーマル用に買った襟と袖にレースのついた白いブラウスを引っ張り出してきて、黒ズボンと黒ローファーを合わせた。その格好は下手をすると劇場スタッフと間違われそうだった。いっそのこと「首のところが少し変だね」と笑ってほしい。

「これ使ってみてください」と、Tさんが鞄から立派な双眼鏡を取り出した。「いらないって言う人も一度使ってみると、皆帰るときにはあってよかったって言いますから」と一生懸命ピントを調整してくれている。さっきからTさんのホスピタリティに驚くばかりなのだが、これも「ヅカオタ」の精神なのだろうか。「ヅカオタ」とは宝塚ファンの略。宝塚に限らずアイドルオタクなども知性やマメさがないと務まらないように思う。積極的に情報を収集しにいく姿勢が必要なのだ。ありがたく友情オペラパワーをお借りして、真面目に「美」を摑みにいこう。

と思っていたものの、一幕の芝居『Eternal Voice 消え残る想い』が開演して三〇分もすると眠気との戦いになった。カクッとなった瞬間に友情オペラを落としそうで怖い。ミュージカルシーンは楽しいけれどイギリス史を知らないとストーリーがちんぷんかんぷんで、教養のなさを思い知らされた。二幕まで休憩時間があるというので廊下に出ると、修学旅行生がトイレに行列を作っていた。大半が私と同じようにポカンとした顔をしていたが、感度の高い子には響いていて数年後にヅカオタの芽が出るのだろう。行列の後ろに写真スポットがあるらしく、「撮ってあげますよ」とTさんに言われるがままポカンと立ってると「ポスターの前に立ったら意味ないですよっ！横に立たないと！」と言われた。

二幕のショー『Grande TAKARAZUKA 110!』終了後、Tさんに「えっ……」と驚かれるほど私は号泣していた。そりゃあ、初めて宝塚に来た素人がこんなに泣いていたら引くだろう。ハンカチで涙を拭きながら「うっ、なんだか感動してしまって」と言ったものの、終わってすぐは自分でも感動の正体がわからなかった。とにかく何かをくらったのだ。宝塚もアイドルもそうだが、光があるところには陰もあるわけでヒエラルキーの犠牲者が存在する。今日ふらりと来た人間が表層の美味しいところだけ味わって感動していいのだろうか？　自分は宝塚の理念「清く正しく美しく」とは程遠い、恥や愚や滑稽と親しんできた人間じゃないか。

そんな私でさえ、ショーからはエンターテイメントの光を放つことへの強い覚悟と責任を感じ取ったのだと思う。今回はトップコンビの月城かなとさんと海乃美月さんの退団公演でもある。イタリア風仮面舞踏会やラインダンス、和装の「荒城の月」、黒燕尾の群舞などおそらく皆が観たいであろうものを最大限詰め込み、彼女たちの歴史や関係性を組み込んだ構成なのだろうということが伝わってきた。驚いたのがヅカオタの方々の拍手の多さだ。割れんばかりの拍手ということではなくて、それぞれの見せ場がくる度に必ず、邪魔にならない範囲の短い拍手であたたかく祝福している。エンターテイメントの強い光と祝福のあたたかい光が呼応しているようで、それが涙が出るほど美しかった。

「羽根」はTさんが言っていた通りテンションが上がった。孔雀の羽というよりは菩薩像の後光みたいだった。ヨーロッパやら古き良きアメリカやら和の世界観がごちゃ混ぜになった挙句に菩薩になってしまうなんて、どうかしている。そんなことが成立してしまうのが宝塚の高い技術力なのかもしれない。月城さんは修学旅行生にもステージから声を掛けていて、アウェイにさせないぞという気概が格好よかった。「キャ～♡」というよりは目の前の人のために戦うヒーロー映画を観る感覚に近かったかもしれない。彼女たちがどれほどの訓練を積んで、偶像として愛の器の役割を引き受けてきたのだろうと想像するとまた涙が出た。打ち上げ花火の残像のように「羽根」

が目に焼きついている。

宝塚観たあとだけはエスカレーター使わず優雅に降りる階段

ほおずきチートデー

何気なくSNSを見ていたら浅草寺の「ほおずき市」のニュースが流れてきた。Sに「七月の九日、一〇日にお参りすると四万六〇〇〇日分の功徳があるんだって。四万六〇〇〇日って一二六年で人の寿命くらいだから、一生分らしいよ」と読み上げると「えっチートデーじゃん！」と驚いていた。考えてみたらおかしな話だ。だったら四国の八十八ヶ所お遍路巡りをしている人の努力は？ 浅草寺が日本一長い石段の上にあるとか、雑魚寝で二泊しなければならないとかならまだ理解できるが、アクセス抜群の観光地だ。

もしも四万六〇〇〇日分のビタミンが摂れる野菜ジュースがあったら飲むだろうか？ 怖すぎる。引き換えに肝臓が悪くなるなど何かあったほうが納得できる。

気になるけれど、九、一〇日はどちらも平日である。やれやれ、平日に動けるなんてどうせ特権を持つ人だけだよな、と諦めようと思ったがシフト表を見るとパートが休みの日だった。急に自分が特権者の立場となりチートデーを獲得できるとなると、なんとなくズルい気がして後ろめたい。恐る恐る「ひとりで行ってこようかなあ」とSに言うと「そりゃあ行った方が良いよ」と背中を押してもらった。いや、たとえ止められても四万六〇〇〇日に目が眩んだ私は行ったかもしれない。人間は特権を手にしたらどこまでもズルくなるのだ。

当日の朝、起床すると生理中のため腹痛頭痛で最悪の状態だった。チートデーという響きから朝からスターマリオのような無敵モードの一日をイメージしたけれど、まだお参りをしていないのだから当然だ。これまで、何かを始めるのに最適な「一粒万倍日」、天が万物の罪を赦す「天赦日」など、数々の激アツ吉日を無駄にしてきた。今日だけは逃したくないと鎮痛剤を飲んで祈る。

結局、着いたのは昼だった。あちこちの屋台から「縁起物のほおずきだよっ」「お嬢さん、うちの店見てってよ」と威勢の良い売り子の声が響き、竹籠入りのほおずきの鉢植えと涼しげな江戸風鈴が吊るされていた。多国籍な観光客で賑わい、まるで風情のテーマパークだ。値段はどこも一鉢三〇〇〇円に風鈴のおまけつき。風鈴も仕入れ先が同じらしく、魔除けの朱色のもの、ひまわり、金魚、あやめ、花火など統一されたラインナップだ。ざっくりとした絵付けが素朴で味わい深い。

おっと、まずは四万六〇〇〇日分の功徳だ。本堂でお参りして、売り切れを懸念していた二日間だけ授与される「雷除け」のお札を無事頂戴した。雷をはじめとした災難全般を防いでくれるらしく、これだけでかなりパワーアップした気がする。もう一度屋台エリアへ行くと、バラ売りのほおずきが三つ小さな籠に入って六〇〇円のものがあったので購入した。金魚すくいの袋みたいな紐付きビニールに入っていて、ぶら下げているだけで楽しい。実家の床の間に転がっていたときにはほおずきなんて何とも思わなかったのに、何て可愛らしい色と形だろう。

うろうろしていると、ヤマトの配達員さんたちの基地を発見した。テーマパークの裏側を覗いた気分だ。暑い中各地から集められたであろう彼らには四万六〇〇〇日分以上の功徳があってほしい。それからヨーヨー釣りやキャラクターカステラの露店の年季の入ったのれんに描かれた、つぶらすぎる瞳のキティちゃんや怪しいドラえもんの絵を鑑賞した。私は屋台の食べ物も好きだが、それ以上にビジュアルが大好きなのだ。じゃがバターの文字フォントや、かき氷のシロップ入れに書かれたペンギンのイラストも昭和を感じられて素晴らしい。こうして自分の趣味の視点でマイペースにまわることができるのもおひとり様の特権だ。

周辺の土産店ではほおずき市の絵柄の団扇や手拭いも買った。さて、そろそろ帰ろうと駅の自動券売機でSuicaをチャージして改札機に向かったところ、「ちょっと、おじさん！　おじさん！」と、声がした。見ると私がチャージした自動券売機の前で老婦人がキョロキョロしている。そこでハッと先ほど一〇〇〇円分チャージをするために五〇〇〇円札を入れたのに、おつりの四〇〇〇円を取り忘れたことに気がついた。駆け寄ってその旨を話すと、ギョッとした顔で「ああ……」と四〇〇〇円を手渡してくれた。私の服装がベージュの半袖シャツとゆるいジーンズ、青いアウトドアキャップという完全におじさんファッションだったので、振り返ったのが女で混乱したようだった。「すみません、ありがとうございました！」と頭を下げてその場をあとにしたが、折角親切な行動をしてもらったのに気まずい思いをさせてしまって申し訳なかった。しかし電車に揺られているとだんだん気楽になってきて、四〇〇〇円に気づいたのが悪い人じゃなかったのもチートデー効果かもしれないと思ったりした。

帰宅すると、家が荒れ放題になっていた。テーブルを片付けてシンクの溜まった洗い物を洗い、掃除機をかける。自分だけチートデーを味わった罪悪感もあり、Sに対して取り繕うためだ。綺麗になったテーブルの上に土産のみたらし団子も置いておく。その後仕事から帰ったSをトイレに案内して、手拭いをタペストリーとしてプッシュピンで止めておいたのを「どうかな？」と聞くと「手、拭きたくなるね」との感想だった。

翌日、SNSで「ほおずき市」と検索すると素晴らしいアイデア投稿を発見した。ちょう購入したミニほおずき籠と同じものを、吊り下げ式にしている人がいたのだ。ちょうど置き場がなくて、袋のまま室内物干し竿に引っ掛けてあるところだった。早速真似させてもらおうと材料を準備する。といってもやることは簡単。ビニールの持ち手になっていた蛍光色の紐二本を外し、ハンギングバスケットの要領で籠にくくりつける。一緒に入っていた「ほおずき市」と書かれた紙に穴あけパンチで穴を開け、凧糸で籠の底に垂らす。籠の中にほおずきを入れる。これで完成だ。吊るすと風に吹かれた短冊がくるくるまわって風鈴のような風情がある。決してSNS映えはしないが、新聞紙で屑箱を折るおかんのようなアイデアが実に好ましい。

アイデアの投稿主の過去ポストを見てみると、「そうそう！　私はこういう人のエッセイが読みたかったんだよ」と叫びたくなった。決してエッセイ本ではないのだがスクロールする手が止まらない。日記代わりに綴られているのは同性パートナーと暮らす中年男性の、犬柄の座布団や花柄のティッシュカバーに囲まれた生活感溢れる日常だ。

安物のバターロールに、ウインナーと千切りキャベツを挟んで「それなりの朝食」にする。おやつには雪見だいふくを、洗い物が増えるのに小皿にのせて食べる。筍ご飯の余りをオムライスにする。毎週金曜日はいつものセブンイレブンでカレーパンを買い、店員さんにカレーパンの人と覚えられる。ドリンクバーのソフトクリームが上達してだんだん綺麗に巻けるようになる。道端のカマキリを帽子に乗せて安全な場所に移動してあげる。端午の節句には成城石井でちょっといい柏餅を買う。クリスマスにはシンプルなケーキを買って別売りのサンタの砂糖菓子をのせる。年始にはお節の残り具材をトッピングして「年明けうどん」に、栗きんとんはバゲットに塗る。なんて豊かなんだろう、どれも真似したくなる。我が家も子どものいないふたり暮らしなので余計に惹かれたのかもしれない。

承認欲求増幅装置と言われるＳＮＳのおかげで、特権だと思っていたほおずき市に行く人の生活を知ることができた。室内物干し竿に揺れる吊るし籠のほおずきを見ていると、飾らないけれど彩る生活っていいなと思う。誰かのためではなく、自分を喜ばせるための彩りだ。Sに「吊るしてみたんだけど、どう?」と尋ねると、特に良いと思っていないときの「……いいと思う。」を頂戴した。

今だって贅沢なひとときだから君もスペシャルブレンドだから

カエルの天国

芸能山城組が開催するケチャ祭りに行ってきた。芸能山城組といえばアニメ映画『AKIRA』の音楽を担当したことで有名だ。祭りについては最近知ったのだけれど、一九七四年にバリ島人以外によるケチャの上演に成功してから五〇周年記念とのこと。テーマは「絆の脳機能が炸裂する祝祭空間」。

かねてからケチャを一度生で鑑賞してみたいと思っていた。ケチャとはバリ島の呪術的な合唱舞踏劇だ。よくは知らないけれど、悪魔払いの儀式で男たちが「チャカチャカチャカチャカ」と合唱しているイメージがあった。なぜ憧れているのかというと、さくらももこさんの漫画『コジコジ』の影響である。

『コジコジ』に「カエルの生き方」という回がある。自身のことを「単なるでくの坊」「嘆いてばかりの手に負えない男」と言うほど自己評価が低い少年ジョニーが、このままじゃダメだとカエルたちの共同体に飛び込んでいくお話だ。存在意義に悩むジョニーは、田んぼで遊んでいるカエルたちに「君たちって何の役にも立たないだろ？　僕もそうなんだ。そのことについてどう思うかい？」と尋ねる。カエルは「役に立つかどうか？　どうでもいいじゃんそんなこと。俺たちはただ猛烈に生きているだけさ」とあっけらかんと答える。カエルいわく、六月の雨の降る田んぼは「カエルの天国」だという。猛烈に生きるカエルの姿に感銘を受けたジョニーは、ぴよよよよ～んと田んぼにダイブしてゲロゲロと鳴き、カエルたちと共に「生きるって素晴らしい♪」と歌う。

そのときのジョニーの、恍惚とした表情が強烈に印象に残っていた。最終的には、コーネリアスと電気グルーヴのＣＤを買いに渋谷のタワレコに行っていた次郎が帰ってきて、常軌を逸したジョニーの姿に愕然とするというオチがつく。

私は直感的に、ケチャにジョニーの見た景色「カエルの天国」に近いものを期待していた。カエルになりきってゲロゲロ鳴くのと、無心に「チャカチャカ」唱えるのはどこか共通している気がする。実際にはケチャで「チャッ」というのは猿の鳴き声を真似ているそうだが、カエルの鳴き声からインスピレーションを受けたという説もある。ケチャも集団で軽いトランス状態になるという点で、恍惚の境地にあったジョニーと近いように思う。

私もジョニーと同じくコンプレックスばかりで、猛烈に生きているとは言えない。ジョニーはカエルから見ても「ちょっとマズいんじゃないか」と心配されるほどの陶酔ぶりだった。しかし、ジョニーの味わった「生きている」という実感は、自分の殻を破って行動したからこそ手に入れたかけがえのない宝物だと思う。私も「カエルの天国」を見てみたい。


ケチャ祭りは新宿のビル街で行われる。昼過ぎから鹿踊りやジョージア伝統合唱などの演目が続いていて、夕方に到着すると既にぎゅうぎゅうのお客さんで賑わっていた。どうにか後方の階段近くに立てる場所を見つけると、ガムランの演奏が始まったところだった。お目当てのケチャは大トリなのだが、その前の演目のガムランも楽しみにしていたのだ。

ガムランは地球上もっとも高度な打楽器のアンサンブルといわれている。狂ったオルゴールのような慌ただしいリズムの割に、その柔らかい音色にはリラックス効果がある。まるで大自然の中で虫の合唱を浴びているような、上空で星が降る音が響いているような、これは求めていた「カエルの天国」に近いと感じた。

ジョニーみたいに飛び跳ねることはできないが、うんうんと軽く頷く感じで頭を揺らしてみるとだんだん気分が良くなってきた。このまま聴いていたらトランス状態になれるかもしれない。するとふと、目の前にあるゴミ箱にビール瓶を捨てにくる人が目に入った。ゴミなんて終わってから捨てればいいように思うが、その後もちょこちょこゴミを捨てにくる人があとを絶たない。「カエルの天国」に近づいたかと思うと、ビール瓶やペットボトルの落ちる「ガコン」という聞き慣れた音が割り込んできて現実に引き戻されてしまう。

そうこうしているうちにガムランの演奏が終わり、ケチャの準備が始まった。人の動きがあったので、すすす、とゴミ箱よりも前の空きスペースへと移動する。よしよしこれでゴミ箱を気にせずに済むぞ、と喜んでいるとスタッフの方が数台パイプ椅子を出してくれて、椅子の方が動く椅子取りゲームのようにちょうど真後ろに置かれた椅子にストンと着席した。座れなかった目の前のカップルが「まあ人生ってこういうもんだよね」と苦笑して、後方の立ち見スペースに移動していった。あとから来た癖にちゃっかり椅子をゲットして卑怯だという自覚はあったが、しれっとした顔でやり過ごすことにした。

ついにケチャが始まった。上半身裸で腰布を巻いた五〇〜六〇名程の男性が出てきてぐるりと火を囲む。四つの「チャッ」というリズムパターンを組み合わせた複雑な16ビートを奏でているらしい。その響きは猿っぽくもありカエルっぽくもあり蟬っぽくもあり、ビシビシと生命のエネルギーを感じた。「イ〜ッチャッチャッチャッ！」とみんなの声が揃うところはゾクっと鳥肌が立つ快感があった。

そして思っていたよりも舞踏劇の部分が大きくて、鹿の子やら神の鳥やら猿の王やら様々な登場人物が現れて舞っている。民族衣装や仮面も煌びやかで、舞台セットの扉からからくり時計の人形のように出たり入ったりおもしろい。するともう満足したのか左隣の椅子に座っていた人が帰り、数分後に右隣の人も帰っていった。先ほどの椅子取りゲームでは我先にと座っていたくせにケチャへの興味はその程度か、なんて思っていると右隣の椅子に女性がやってきて座り、その膝の上に女の子も座った。見ると奥には父親と男の子もいたので、左端の椅子に詰めて「どうぞどうぞ」とジャスチャーをした。先ほど椅子に座れなかったカップルに抱いた罪悪感を、家族に離れず座ってもらうことでチャラにしようとしたのだ。

しかし、私は昔から善かれと思ってした行動が裏目に出る呪いにかかっている。バス遠足では「車酔いしやすいの」という子に窓際の席を代わってあげて、自分が嘔吐した。今回も、ケチャに興味があるのは熱心に携帯カメラを向けている母親だけだったらしい。「これなにやってんの～？」「おじさんたち火のちかくであつそうだね」「はやくごはんたべにいこうよ～」と兄妹が全く落ち着かない。そりゃあ、半裸のおじさんたちがただならぬ行動をしているのだから落ち着かなくて当然である。本能的に恐怖に取り込まれないために、大きめの声を出しているのかもしれない。

初めのうちは母親と父親の膝の上にそれぞれ座っていたのだが、膝の上に立ち上がって後ろの人の視界を遮ったり、足を伸ばして前の椅子を蹴ってしまったりしている。前の人の背中に足が当たらないよう手でガードしてあげたいところだが、部外者の私が余計なことをすると親が子どもを叱るキッカケになる可能性がある。見て見ぬふりをしていると、今度は狭いスペースをうろうろ動き出した。「帰れ」と怒る人が現れやしないかと気が気じゃなかったが、そんな人はおらず無事ケチャが終了してホッとした。

そこでハッと思い出した。私は「カエルの天国」を求めて来たのだ。マナーや周りの空気を気にしてしまう窮屈な「人間」を脱ぎ捨てて自由になりかった。ゴミの音や子どもの様子なんて気にしていたら本末転倒である。

最近、ケチャの良い活用方法を見つけた。集中して原稿を書いていると、頭皮がゴワゴワと浮くような感覚になることがある。おそらく長時間動かず血流が滞っているのだと思うが、近頃抜け毛が多いのはこれが原因かもしれない。

そんなときにはイヤホンを耳にセットしてYouTubeでケチャを流す。設定で1・25倍速にする。坐禅のときみたいに半眼になり、ケチャのリズムに合わせて肩を上下に揺らしながらジャンプをする。カエルというよりはバネになったイメージだ。だんだん身体が温まって気分が良くなってくる。人間を捨てて、無機物として世界の一部になるのである。ただ一つ難点がある。イヤホンをしているため人が近づいてきても気づけない。バネになっている状態を見られて驚かせたくはないので、家に誰も居ない時間にしかできないのだ。

渡り鳥　渡ってしまえばたのしいが渡る前日の憂鬱さ

三茄子

彦根にようこそ

只今、ぐったりしている。滋賀にある書店で行われた歌会イベントにゲストとして参加して、帰ってきたのだ。歌会は素晴らしかった。問題はその帰りだ。書店の皆さんとお疲れ会で二一時頃まで飲んだあと、滋賀の彦根駅からJRを乗り継いで名古屋の金山駅まで戻ってきた。そこのトイレに職場へのおみやげ「彦根にようこそベイクドクッキー」を忘れたのだ。

ハッと気づいたのは電車に乗って金山から二駅ほど離れてからで、またやらかした～！と頭を抱えた。宿泊先でも、チェックアウトぎりぎりまで冷蔵庫で冷やしておこうと思ったスポーツドリンクを忘れてきたのだった。でもそんなものはまた買えば良いと諦めた。今回は「彦根にようこそベイクドクッキー」である。

中身など、何の変哲もないチョコチップクッキーだ。しかし、パッケージの「彦根にようこそ」の文字とひこにゃんのイラストにこそ価値がある。キャリーケースの中には、自分で食べても良いし誰かに会う機会があればあげれば良いと思って買った、狸のまんじゅうが入っている。けれど、狸のまんじゅうは一二個入り、職場の人数には少し足りない。あのときに迷った「びわこフィナンシェ」も一緒に買っておいたら数が足りたのにと悔やまれる。いっそのこと諦めて、名古屋土産を買うか？　だがこういうときに限って滋賀に行くと上司に伝えてしまった。おそらくAmazonでも滋賀銘菓のお取り寄せは可能だろう、と数分のうちに様々な考えが頭を駆け巡ったが、同行していたSの「戻ればいいよ」の一言で戻ることにした。

金山駅に戻ると事情を話して駅員さんに改札を通してもらい、トイレに向かう。ちゃんと紙袋の中に「彦根にようこそベイクドクッキー」はあった。置いてきぼりにされたにもかかわらず、ほがらかな笑顔で待っていてくれたひこにゃんを抱きしめたくなった。ごめんね、ひこにゃん。さっきまではあざとい笑顔だと思っていた。全然ゆるキャラとしてゆるくない、なんて言ってごめんなさい。

それにしても便器の後ろの物置スペース、以前にも買ったばかりの服を忘れたことがあった。水を流すとトイレの扉に「後ろ見ろ！」と真っ赤な文字で浮かび上がるシステムがあったらありがたいが、想像するとホラーである。

先ほどの駅員さんに「すみません、ありました」と改札を通してもらい、ホームに戻って快速電車に乗り込む。しばらくして英語が流れる電光掲示板を見ると、目的地が見当たらないことに気がついた。これから愛知のSの実家に一泊させてもらう予定なのだ。もしこのまま気づかず乗っていたら、見知らぬ海辺の街で降りて朝まで途方に暮れるところだったとゾッとした。世界には罠が多すぎやしないか。

結局行ったり来たりするうちに終電になってSのお母さんに遅い時間に迷惑を掛け、翌日の新幹線で東京に帰ってきて今に至る。滋賀では研修旅行と称して色々とおめでたいスポットを巡ったが、結局我が家にたどり着いたことが何よりもおめでたいと思ったのだった。

おめでたさとは、たまたま出会ったときの方がよりありがたく感じるものだ。今回の研修旅行でも事前にリサーチしておいた有名なおめでたスポットは、ああインターネットで見たやつねと思ってしまった。旅行というのは「るるぶ」片手にうろうろするのが正解なのかもしれない。インターネットと比べて情報が限られているのでネタバレ具合が程良いし、あの妙に庶民的でごちゃごちゃした表紙を見ているとワクワクする。

たまたま出会ったといえば、信楽のペンションで朝起きたらソファに這っていたヤモリを見たときはテンションが上がった。小さくて可愛らしかった。Sは「ぽかんと口を開けて寝ているあいだに、口の中を出たり入ったりしていたかもよ」と心配していたが、ヤモリは「家守」と書いて幸運のシンボルだ。「ペンションを守っている主かもしれないね」と言うと、Sは「近くに川があるから風呂場の排水溝から迷い込んだんじゃない」と分析していた。

他にも、たまたま信楽高原鐵道に乗っていて一瞬だけ見えた田んぼアートも、珍しいものが見られて興奮した。あれは何のキャラクターだったのだろうと気になり調べてみると、地元の高校生が考えた忍者狸のイラストだということがわかった。信楽の狸と伊賀の忍者を組み合わせたキャラクターとのこと。六月に田植え体験、一〇月に稲刈り体験の参加者を一般募集していて楽しそうである。

この「うしかい田んぼアート」は仕事で青森県を訪れた際に田んぼアートに魅せられた主催者が、うちでもやりたい！と始めたものらしい。ノウハウを教えてもらいに行ったが断られ、諦めずに六年間通い続けてイベントの手伝いなどするうちにＯＫをもらったそうだ。青森の田んぼアートを検索してみると、『スター・ウォーズ』やモナリザを精巧に再現していて桁違いの規模だった。「田舎館村田んぼアート」のオフィシャルサイトでライブカメラの映像まで見ることができる。

私も、たまたま笹井宏之さんの歌集に魅せられて短歌を始めた。魅せられるというのはある意味呪いにかかることだ。残酷だが、同じ品種の苗を植えても場所が違えば同じ田んぼアートに育たないように、同じ言語を使っているはずなのに決して同じ短歌は作れない。笹井さんの作品はまさしくアートだと思う。アートは人をここではないところへ連れて行ってくれるが、元の場所には戻れない。行き着く先が絶望だとしても。それでも、たまたま短歌のある世界線に来られたことはありがたい。右往左往する日々の中で、短歌に没頭しているときは自分の足で立ち、自分の頭で考えている実感が持てる。

滋賀で、最も夢中になったのは世界凧博物館東近江大凧会館だ。世界の凧が約一〇〇点、日本の凧が約五〇〇点も展示されている。当初、その日は日帰り温泉と彦根観光がメインで、凧は時間があったらと考えていた。それが寄って大正解。世界中の人が凧に魅せられた歴史がビシビシと伝わってきた。

凧は運や人気が上がりますようにという縁起物。なのに凧は日本でも世界でも大勢の死傷者を出していて、禁止令が度々出ている。なぜかと言うと相手の凧を落として戦う「凧合戦」や「ケンカ凧」など、凧バトルが白熱し過ぎるからだ。驚くことに今でもインドの「ケンカ凧」では糸にガラスの粉をまぶして強くするので、その糸に首を切り裂かれて命を落とす事故がニュースになっている。凧バトルの域を超えてマジ喧嘩に発展するので、日本では江戸時代に凧の所蔵禁止令が出されていたそうだ。

それでも凧は恐ろしく魅力的だ。モダンなデザインの韓国凧、燕や金魚の形をしたうつくしい中国凧、悪魔のように不気味なコウモリのインドネシア凧も素晴らしい。日本の凧は北海道のカムイ凧もカッコよかったし、愛知にも蟬やアブなどの昆虫を模した凧があることを知った。

凧、なんと美しい凶器だろう。あまりに魅了されすぎて、お土産に大凧まつりの手拭いを買っていたら彦根行きの電車の発車時間がギリギリになってしまった。この電車を逃すと一時間は次が来ず、日帰り温泉の受付時間に間に合わない。もう無理だと諦めようとするSを「いけるいける！　私、先に走って行ってSの切符も買っとくから！」と励まし、死に物狂いで走った。走りながらキャリーケースが足にガツガツ当たったせいで今、足首が青アザだらけである。温泉には間に合ったが、癒やしに行ったのか疲れに行ったのかわからない。

お揃いのところにアザがあるねってバナナの暗い部分を舐める

水石先輩

カメラロールの石の写真をにやにやと眺めている。私の中で今、石がアツい。写真は先日上野グリーンクラブで開催された「全国水石《すいせき》逸品展」に行ったときのもの。「卓」と呼ばれるミニテーブルの上に、石がすんっと置かれている。直置きではなく、石がピッタリはまる形の特注の台座がついている。パワーストーンや宝石のようにキラキラしているわけではない普通の石である。

きっかけはネルノダイスキさんの漫画『ひょんなこと』の中で水石を趣味とする老人のキャラクターが出てきたことだった。その老人の台詞をお借りすると「石を採取して鑑賞する『水石』という趣味があってな。ここにある石は全部川で採取したものだよ」とのこと。私はネルノダイスキさんのファンだ。ネルノダイスキさんの漫画の好きなところは、キャラクター、動物、背景の建物、植物、物に等しく魂が込められているところだ。それは自然と妖怪と人間を並べて描く水木しげるイズムを感じる。そんな自分が尊敬する人の注目する水石ということで、自然と興味が湧いたのだった。

ネルノダイスキさんの個展に足を運んだ際にも、ご本人から水石について伺った。愛好家は石に霧吹き等で水をかけ、濡れた石が乾いていくのを眺めて愛でたりするらしい。石に水を?と頭の中がハテナでいっぱいになる。石が川を思い出して喜ぶのか?

『愛石』という雑誌もあるんですよと携帯で画像を見せてもらい「えっ月刊誌なんですか?」と驚いてしまった。『愛鳩の友』『月刊むし』『トンネルと地下』など数多あるマニアックな月刊誌の中でも、『愛石』はなかなかである。虫であれば新種発見に湧き立つこともあるだろうけれど、石についてはどんなトピックがあるのか。画像をよく見ると「真帆がゆく」というタイトルの女優・とよた真帆の愛石探訪記があった。なるほどとよた真帆といえば昔二時間サスペンスに出ていたイメージがあるので、崖や岩場が似合う。

ときどき全国各地で水石の展覧会も行われていると教えてもらい、色々調べてようやく訪れる機会を摑んだのが記念すべき第一回の開催「全国水石逸品展」だった。三階建の公民館のような建物の入口から一歩足を踏み入れると、真正面にはデデンと富士山の掛け軸が掛けられていた。その左右にはゴツゴツした石と平べったい石が二体。富士のおめでたさと石の重厚感が合わさって神聖な雰囲気を醸し出している。どうやらメインの大物招待作品らしく、近くにはスーツ姿の監視員も座っていた。見られていると緊張するが、初心者とはいえ以前大宮の盆栽美術館に行ったことがあるので大体わかる。水石も盆栽と同じく見立ての文化だ。「富士山のふもとの大平原をゴジラがトボトボ帰っていく風景」だと受け取った。

それにしても、実物を見ると断然石の存在感が迫ってくる。正直言うと画像を見て、ただの石が妙にありがたがられている様子におかしみを感じていたのだ。しかし実際すごい石はすごい。基本は石を遠山の風景に見立てるものが多くて、他にも島や舟、滝や磯溜まりに見立てるものもある。教養がないなりに、映画や大河ドラマ等で見たことのある幽玄な風景を重ねつつ鑑賞した。

エレベーターに乗り二階に行くと一階よりはカジュアルな雰囲気で、一〇〇点以上の水石がずらずら並んでいた。真っ先に目につく場所には、とよた真帆さんの石が置かれていた。さすが展示台を使って他の石より一段高くなっている。しかし、その左下の石がどうも気になった。だめだ、私の貧しい見立てではどうしても洋式便器に見えてしまう。平らになっている部分が便座に見えて腰掛ける姿を想像してしまうのだ。しかも、これが探石部門最優秀賞らしい。便器だよね？と誰かと共有したいが、今日はひとりきりだ。

するとエレベーターから若い女性と水石関係者らしきスーツの男性がやってきた。招待のお客様なのか、スーツの人が付きっきりでガイドしている。ついに便器の前に差し掛かった。（言うか？　便器って言うか？）と固唾を呑んで遠巻きに見守っていると、スーツ男性が「こんなのがこうやって落ちてる訳ですよ」と言いながら便器石をひょいと素手で持ち上げたのでビックリした。さっきから私の中では現代アート作品と同様、決して触ってはいけないものとして石を見ていたのだ。そうだった、これって石なんだよなと再認識する。

結局便器とは言ってくれず、石をあれこれ動かしながら「石を縦に見るか横で見るかで景色が変わってくる」というようなことを言っていた。これは多摩川で採られたもので、イタリアなど海外からも多摩川に探石にくる人がいること。抽象的な形の石は現代的なところに置くとオシャレになることなど、盗み聞きながら勉強させてもらった。以前、女性ひとり客を見ると勝手に絵の解説を始める「美術館おじさん」が出没するとSNSで話題になったが、これでは逆に「解説盗み女」だ。

さて、気を取り直して自力で鑑賞しよう。平べったいすべすべな石を見ては（小人になって寝そべりたいな〜）穴の空いた石を見ては（くぐりたいな〜）、とだんだん感想も雑になってきた。中には『メッセージ』などのSF映画を彷彿とさせるでゅ〜んと存在感のある石や、仏像やマリア像に見える石もあった。これなら素人でも拾ったときにおおっ！と思うだろう。

そんな石を見ていてふと、島田秀平がゲストと怪談話をするポッドキャスト番組で怪談師の方たちがしていた石の話を思い出した。石は千万年も前からそこにいる大先輩なわけで、いろんなことがあった。子どもなどは綺麗な石を見つけたら気軽に拾ってくるが、何でもかんでも拾っていったら念のこもった石が必ずある。石は記憶や思いを溜め込むUSBみたいなものかもしれないから、気をつけろという話だった。私はスピリチュアルに明るくないが、石を舐めたらアカンということはわかる。先ほどの石に便器なんて言ってすみませんでしたと心の中で謝った。いや、私としては便器だって機能美の素晴らしい形だと思っているのだけれど、先輩がなんと思うかはわからないので謝っておいたほうが良いだろう。

三階にはプロの方々の売店が設けられていた。タダで拾ったものとはいえ石本来の色艶を出すには何年も手を掛けなくてはいけないらしく、手のひらにちょこんと乗る可愛らしいサイズのものでも三〇〇〇円～だった。大きくて貴重なものはウン十万である。水石はもうやることが何も無くなった人の趣味だと思っていた。しかし、今のうちから石を見る目を養い、川で良い石を拾って育てておいて、お金に余裕ができた五〇代くらいに台座を専門の職人に注文して、卓や掛け軸も買って、石が映えるように床の間がある家に引っ越して、と計算するとなかなか大ごとだ。

展示会場を出ると、建物の陰で石を水で洗って歯ブラシで磨いているおじさんがいた。コンテナボックスにはごちゃごちゃと水石の赤ちゃんがひしめき合っている。どう見てもそこらへんの石ころだけれど、プロの目で選ばれし石たちなのだろう。水石を知るまでは石を歯ブラシで磨いている人を見たらギョッとしただろうが、今は尊敬しかない。

その後は根津の方まで歩き、「ラッキー」というカレー屋さんに入ってカツカレーを注文した。カウンター席には大正生まれの詩人・淵上毛錢《ふちがみもうせん》の本が置かれていた。ちょうど『漫画 君たちはどう生きるか』の絵を描いている羽賀翔一さんが毛錢の展示をしていたのだ。詩集の中にはこんな詩があった。

不動

石は
風を待つてゐる
雨でも
いいのだが
石は
疑ひもなく
実に

確《しっか》りしたもんだ

水石展のあとだと、何とも石の詩が沁みるではないか。単に腹が減ってカツカレー欲に駆られて来たのだが、石に導かれた気分になった。そして目の前の壁に展示されていた毛鋑の言葉に思わず感動した。

「美しいものを信じることがいちばんの早道だ」

これは水石先輩からのメッセージだと思った。カメラロールの写真を眺めるとこの言葉を思い出す。


悔しいなあなたの方が月も詩もエイリアンにも詳しいなんて

ポイントカード

ついにオオゼキのポイントカードを手に入れた。以前も書いたが、オオゼキとは近所に新しくできたスーパーマーケットだ。ポイントカードは一〇〇円で一ポイント貯まり、一ポイントにつき一円として使える。

半年以上のあいだお得なのでポイントカードを作りたいという気持ちと、ポイ活に縛られるのは御免だ、甘い顔をしてどうせ支配しようと企んでいるのだろうという自由を求める過激思想とがせめぎ合っていた。しかしある日突然、いつもはそんなことを言わないレジ係のお姉さんが「ポイントカードつくりますか?」と聞いてくれたので「はい」と答えた。向こうから来てくれるのを待っていただけなのだった。

ああ、これでもう私はオオゼキの派閥に加入してしまったようなものだ。これからも行くことはもちろんあると思うが、個人経営の八百屋さんや肉屋さんやパン屋さんの顔が浮かび、ちくりと胸が痛む。地方から上京してきたばかりの頃は、今まで触れてこなかった商店街文化にいたく感激したものだった。巨大資本による画一化されたチェーン店ばかりの街なんてつまらない。色とりどりの個人店が潰れることのないよう、ちゃんと自分が良いと思う店でお金を使おうと決意したはずなのに。

だってオオゼキを好きになってしまったのだ。お弁当コーナーで売られている三五八円のカレーライスのポップには「ラーメンと並んで日本人の国民食と言われる一品です」と書かれている。いやいや、そんなこと言ったら寿司や天ぷらだってそうだ。何か特筆すべき点はなかったのかとツッコみたくなる。そんなちょっとした隙があるところに心を摑まれてしまうのだ。

さらに追い討ちで、オオゼキに来る理由がもう一つ増えてしまった。以前、オオゼキの隣に空き地があると書いた。Sがドラッグストアが建つだろうと予想していた空き地だ。

ある夜のこと、ベッドでまどろんでいたときに「あっ、シャトレーゼが建つんじゃないか!?」とひらめいた。まるでふっと良いアイデアが降りてくるときのように。シャトレーゼとは山梨県に本社を持つ老舗菓子チェーンで、地元愛知の店舗には何度か行ったことがあった。なぜだろう、考えれば考えるほどあの場所にはシャトレーゼがしっくりくるのだ。

Sに「あの空き地に何が建つか当てようか、私はシャトレーゼだと思うんだよね」と得意げに話したところ「え、あそこを通ったときにシャトレーゼになるって張り紙が出てたよ、それをSNSで誰かが上げたのを見たんじゃないの」と言われて愕然とした。情報を見たのにそのことを一瞬で忘れ、天からのお告げだと勘違いしたということか。そんなことがあり得るのか？　もう自分が怖い。インチキ予言者になる素質があるかもしれない。

しかし完成してみると想像していたのとはちょっと違っていた。私の思うシャトレーゼはプレハブ造りの建物の半外にアイスケースがずらずら並んでいて、中に入るとショーケースに流れ星の形のチョコレートやくまの砂糖飾りの載った一〇〇円のケーキが売られている。アイスもオレンジバーとかメロンの容器に入ったシャーベットとか、失礼な言い方をするとガキが大喜びする洋菓子のイメージだ。なのでお誕生日会や子ども会のイベントなどに重宝した。

実際にオープンしたシャトレーゼに入ると、正面に待ち受けていたのは個包装の和菓子や焼き菓子のコーナーだった。どらやきだけでも五種類以上あり、季節のまんじゅうや団子などとにかく種類が多い。さらには右奥にプリンやヨーグルト、奥一面のアイスコーナー、左側にパンやアップルパイ、ショーケースには旬のフルーツのケーキも豊富にある。

店内を見回すと、お客さんの大半は主婦層だ。ここはガキが喜ぶんじゃなくて大人が喜ぶ、大人にとっての駄菓子屋のような空間なのだった。駄菓子屋は、ガキにとって初めて自分の手で好きなものを選択する権利を与えられる場所だった。ここは誰かのために生きてきた大人に、もう一度自分のために選択する自由を取り戻させてくれる場所なのだと思った。木を基調とする店内に流れているのは「大きな古時計」のオルゴールバージョン。やさしさに包まれたこの空間では、かつてのガキだった自分に戻ってどれでも好きなものを選んでいいよと言われている気がした。

自分にご褒美をあげられるほど頑張っていない日でも大丈夫。田舎パイ九〇円、梨恵夢六〇円、粗搗き大福一〇〇円、せんべい六〇円、とリーズナブルな価格なので欲望のままに普段使いのおやつを選べば良い。皆、少女のように目を輝かせながらカゴに何個もお菓子を入れていた。外にあるベンチで何を選んだか見せ合いっこしながら食べたらどんなに楽しいだろう。

そんな完璧なオオゼキ↓シャトレーゼのルートが完成してしまったのだが、そこに新たなスーパーマーケットが現れた。サミットだ。サミットは数年前からあったのだけれど疎遠になっていて、久々に寄ったときに「えっこんなに楽しませてくれるなんて」とトキめいてしまった。嬉しかったのが、期間限定ご当地パンフェアをやっていたことだ。夏に滋賀で土人形の展示をしたのをキッカケに、つるやの「サラダパン」を食べてからご当地パン熱が高まっていた。

まず大喜びしたのが、今度福岡で展示をする予定なのでリサーチして知っていた、福岡で有名なパン会社・リョーユーパンのご当地パン「マンハッタン」があったことだ。他にも同じく福岡・フランソワの「九州産クリームチーズ蒸しケーキ」も売られていた。よく北海道の模様があるチーズ蒸しパンを見かけるが、こちらは九州の形が描かれている。あとは岩手県花巻市にあるオリオンベーカリーの「もち入り力あんぱん」。力士のイラストの描かれたパッケージが素朴でかわいい。購入したのはこの三点だが、他にも魅力的なご当地パンが色々あった。後日「もち入り力あんぱん」の写真を撮ってインスタグラムに投稿したら、土人形より多くの「いいね」がついていた。

ご当地パンの魅力は絶大なのだ。

またサミットの出入り口付近に、謎のポスターが貼ってあるのを発見した。ただいま「サミットカップ」なるものが開催中らしい。「譲れないものが、ここにある。」とキャッチコピーの書かれたポスターにはスーツ姿のおじさんたちが勇ましい顔で並んでいた。気になったのでウェブサイトを見てみると、どうやらポスターのおじさんたちは三二社の食品会社の代表取締役社長たちとのこと。自社商品を使ったレシピを考案して、お客さんが食べたい方に投票する企画なのだとわかった。

今やっているのは予選グループD。お菓子メーカー・ロッテのレシピは、レトルトカレーにチーズとミニトマトと「パイの実」を乗せてトースターで炙るという斬新なものだった。いい意味で、宿題前日に「あんたっ！　なんでもっと早くに言わないのよ」と怒られつつ、お母さんと泣きながら考えたレシピみたいだ。

対して対戦相手の伊藤ハムは「アルトバイエルン」を使ったパプリカパウダー、チリパウダー、クミンパウダーと、やたらとパウダーが要る本格的なピラフだ。レシピの最後には※が三つもあり、チーズはお好みでレンジで溶かしてもＯＫ、スパイスは調節してお好みに、お好みでイタリアンパセリ、レモン、ライム、パクチーを添えてと書いてある。味変用の卓上調味料が多いラーメン屋の戦法だ。こうも性格が出るとはおもしろい。

サミットがこんな楽しいことをしていると知っていたなら予選グループAから追っていきたかったのにと後悔した。私としては隙が感じられるロッテのカレーの方を推したいところだが、残念ながら伊藤ハム三八七二票、ロッテ三七三二票で既に勝敗結果が出ていた。オオゼキ、ごめん。ひとまず一一月開催予定の決勝戦を見届けるまでは、オオゼキだけを見ているわけにはいかなくなってしまった。

好きだけど皮ごと食べられるかどうか判断するのはこちらでします

コンテンツ愛

今年の夏は、怪談のポッドキャスト番組にハマっていた。怪談は、避暑地へのちょっとした旅行のようなものだ。上手い語り手の話を聞いていると、何の苦労もなく廃墟へ、学校へ、病院へ、東北や沖縄へ、旅館での短期アルバイトへと連れて行ってもらえる。短時間で行ったことのない場所に行き、したことのない体験ができ、聞いているあいだだけは少しだけ猛暑を忘れられるのだ。

この人の怪談は聞きやすいと思っていた怪談家のぁみさんがこんな話をしていた。怪談は技術じゃなくて思いやり。スッと説明するんじゃなくて聞いている相手に歩幅を合わせる。大切なのは一緒に行きましょうという思いやりだと。これは目から鱗だった。怪談はいかに話を上手く構成して、声色や間、オノマトペを操って豊かに表現するかが重要だと思っていたからだ。「自分が喋りたいことは二の次」という言葉にはグサリと来た。短歌にしろエッセイにしろ土人形にしろ、私のつくるものは基本自分本位だ。もう少し人が何を求めているかを考えなくちゃならないと学んだのだった。

そして長かった夏が終わって急に涼しくなり、ピタッと怪談熱が冷めてしまった。つい先日までとり憑かれたように聞いていたのは一体何だったのか。書店でも夏の怪談フェアが恒例だが、秋になった途端ぱったり売れ行きが悪くなったりするのだろうか？　幽霊はジメジメした水辺やトンネルに集まりやすいと聞くが、カラッとした秋の空気とは相性が悪いのだと思う。ここまで気候によって心境が変化するものなのかと恐ろしくなった。

思い返せば、これまで数々の熱を冷ましてきた。コロナ禍には、田舎の学校に通う女の子たちのほのぼのした日常を描いた『のんのんびより』などの日常系アニメに救われた。『のんのんびより』を観て初めて「尊い」という感情がわかった気がした。きっと怪談と同じく閉塞感のある日々から脱出するための、田舎への小旅行だったのだろう。

アニメの次は、ＢＬ漫画にも興味を持った。元々恋愛ものには興味がなかったのだがボーイズラブの世界に触れて「関係性」というものをようやく味わえるようになった気がして嬉しかった。BLに分類される漫画ではないのだが、近い要素も含まれる『月に吠えらんねぇ』という作品は一〇巻まで揃えたのに最終巻の一一巻だけがどこの書店にも売っていなくて、古本屋さんも探し回った。電子書籍で読めば解決するのだろうけれど、せっかくだから紙で揃えたいと思っているうちにスーッと平熱に戻ってしまい、未だ読んでいない。

怪談には思いやりを、日常系アニメには尊さを、BL漫画には人間関係を教えてもらったものの、巷で注目されたものを後追いしているだけに過ぎなかった。いつまでも熱を保てるオタクの方々を見ていると、魔法瓶の水筒を持っているクラスメイトのようにうらやましい。自分の水筒はからっからだ。

Sはずっと「ドラゴンクエストウォーク」というアプリゲームをやり続けている。新たにゲーム内でパズルゲーム「ドラ消し」が導入されたようで、この頃はさらに忙しそうだ。街なかでもしょっちゅう円形のキャラクターをつなげて消す「ツムツム」系のゲームをやっている人を見かけるが、実は一度も触ったことがないのだった。あれだけ老若男女に人気なのだから余程の魅力があるのだろう。

一回やらせて、とお願いして触らせてもらったが「遅っ！　もっとどんどん消していかないと」と急かされる。「忙しいねコレ消しても減らないし」と言うと「そりゃあ、そういう忙しいゲームなんだから」と呆れられすぐに断念した。スコアは一万点そこそこ。Sの中では八万点が平均らしい。ぐらぐら揺れるバスの中でやっているおばちゃんなどは、よくこの忙しさと酔いに耐えられるものだと改めて感心したのだった。

結局、自分の資質に合ったものにハマらなければ意味がないのだ。そしてここ最近、秋の虚無感を埋めてくれる新たなコンテンツとの出会いがあった。それは「するゑひろがりず局番」というYouTubeチャンネルだ。略して「するゑ局番」。現時点でチャンネル登録者数三五万人以上の人気チャンネルなので私が説明するまでもないのだが、「するゑひろがりず」は日本の伝統芸能である「狂言」を取り入れた人気お笑いコンビだ。着物姿にそれぞれ小鼓と扇子を携えている。

私のここしばらくの人生テーマは「おめでたく生きる」こと。そして縁起ものの土人形や短歌という和の文化に親しんでいる自分にとって、彼らとの相性が悪いはずがないと直感した。最初は怪談の流れでホラーゲーム実況を何気なく見たのがきっかけだった。

「するゑ局番」を見てまず心を摑まれたのが、彼らの得意芸である和風変換だ。ホラーゲーム実況の中でも何気なく、自動販売機のことを「からくり飲料購買機」、アメリカンワッフルを「米国網の目饅頭」と言っていて、即興ながらまさに言い得て妙な変換に唸らされた。言われてみれば確かに自動販売機は高度なからくりを利用してジュースが出てくるものだし、ワッフルは網の目にすることで火の通りがよくなり食感も楽しくなる画期的なアイデアだ。普段目にするものも古めかしい言葉に変換することで見える世界が変わり、モノの良さを再発見することができる。Sのやっているスライム等が出てくるパズルゲームのことは「水まんじゅう滅し滅し」とでも変換できそうだ。

また英語禁止の料理企画では、さけるチーズのことを「おさけになられる伸び乳」、肉を「御肉《おん》」、ゼラチンを「ぜらのちん様」、コンソメを「こんそめ之助師匠」と呼んでいた。食材を敬う心が伝わってきて、是非我が家でも真似したい。

他にも、生活に取り入れたいと思った言葉が「心得ました」だ。お決まりの台詞なのか彼らは度々口にしていて、狂言のような誇張気味のイントネーションで発音し、鼓を「ポン♪」と叩く場合もある。擦り切れるほど多用しすぎている「承知しました」「了解しました」のバリエーションのひとつとして加えてみると、ちょっとしたアクセントになって良いと思う。

あるいは母親に「あんたが使うといつも脱衣所の床がびちょびちょなんだから……」「ご飯だからテーブル片付けて、あと落ちてるゴミも……」なんて言われたときには食い気味に「心得ました！」と言い切ることで、うまくいけばその後に続く口うるさい小言を封じることができそうだ。「はいはい、わかったよ」と返事をするよりもどっしり構えた落ち着きを印象付けられるだろう。

上司の前では「なるべく早めの提出ということですね心得ました」「やり直した方が良いですね心得ました」と先手を打つことで頼もしい家臣っぽさをアピールするのも良い。この人なんでも心得てるな～と思われて余計に仕事を振られる可能性があるので、使う頻度には注意が必要だ。

あとは、人を見送るときに「お達者で～」と言うのもやや古臭いが良い言葉だ。「お気をつけて」も（帰り道に危ない目に遭わないように）（無事に物事が進むといいね）などやさしさが含まれた素晴らしい表現だけれど、「お達者で」にも（丈夫な身体でいてね）（あなたの素晴らしさが発揮できるよう祈ってるよ）という大きな愛が含まれている気がする。

「するゑ局番」から学んだ最も便利な言葉が、「お見事」だ。「よっお見事っ」「見事見事♪」「いやあ～、お見事です」「お見事おおお！！」と、どんなニュアンスで使おうが褒められた方は悪い気がしないのではないだろうか。沢山ある褒め言葉から選択する前段階で息を吐くように「お見事」と言っておけば、おめでたいムードの下地を作ることができる。私は下っ端なので人を褒める機会があまりないが、自分が物を落としそうになって反射で空中キャッチできた際などには、脳内するゑひろがりずに「お見事！」と鼓を叩いてもらっている。

つらいときイクラを食べるぷちぷちとカプセル入りの涙みたいだ

シン・干支

東京・三鷹市の井の頭弁財天にイチオシの石像がある。その姿は妙だ。とぐろを巻いた蛇の身体の上に、翁の顔がくっついている。同じような像は京都や奈良にもあり「宇賀神」という人頭蛇身の神の像らしい。古代エジプトの神は顔の方が狼やワニになっていて身体が人間だから、逆だ。あんなにエジプトの神はスタイリッシュで格好良いのに、蛇の神はなんとも言えないおかしみがある。いや、神に対してでも容姿いじりのハラスメントは良くなかった。私は宇賀神の姿が好きなのである。

おかしみを感じるには理由がある。どうも宇賀神の姿は『コジコジ』に出てくるキャラクター「物知りじいさん」を彷彿とさせるのだ。その姿は白蛇の身体に白髪のじいさんの頭で、とぐろは巻いておらず湖の水面からにょきっと首を出している。物知りじいさんは三億年も生きていて、住民たちはわからないことがあると湖のほとりに質問しに訪れる。しかし、実際は答えに詰まったときなどは出任せを言って乗り切ろうとする自称・物知り。それでも、図書館で借りた「これであなたも物知りになれる」「いざというときの物知りじてん」等の本に頼るという可愛いところもあって憎めない奴なのだ。うっかり本の返却日を過ぎてしまい図書館の人に怒られてしょんぼりしたけれど、溜まっていた本がなくなってスッキリしたと喜ぶ場面には激しく共感した。

ひょっとするとさくらももこさんは宇賀神を参考に物知りじいさんをデザインしたのではないだろうか。そんなイメージがあるので、宇賀神像を見ると何かを相談したくなる。特に井の頭弁財天のじいさんは、悩みを聞いてくれそうな優しいお顔をしておられる。

私の近頃の悩みといえば、来年の干支が蛇だということだ。毎年恒例で、秋が来ると干支の土人形を作り始める。本腰を入れて作り出したのは亥年からで、イノシシを可愛く仕上げるのに苦労した。牛はなかなか可愛くできたつもりが結構売れ残ってしまった。ねずみ、虎、うさぎは作りやすいし、竜も華がある。巳年が一番のネックなのだ。どうしたものかと宇賀神像の姿を眺めていて、とぐろを巻いた形の白蛇人形にしようと決めたのだった。

しかし、この先も悩みは続く。馬、羊、猿、トリとやや地味なメンバーが続き、犬は可愛いがイノシシになったら一周してしまう。同じことの繰り返しでは進歩がないので、マンネリを防ぐために「シン・干支」を考えてみるのも良いかもしれないと思い立った。

まず、干支の一番目のねずみ。干支競走では、牛の背中に乗ってゴール直前で飛び降りて一位を獲得したことで有名なねずみだが、これにはずっと不満があった。ずるい奴が得をするよりも、やさしい人が損をしない世の中であってほしい。ずるいイメージを一掃するためにも、一番目は「テン」に変更したい。

テンはオコジョやフェレットの仲間のイタチ科の動物だ。まず、テンという音は「天」を連想するので、しょっぱなとしてふさわしい。プリキュアの妖精として出てきそうな愛くるしい見た目に反して獰猛で、自分より大きな猿や猫、鷹にすら果敢に襲いかかる。何を勘違いしているのか、自分が負けると思っていないのだろう。身の程知らずのテンならば、ズルさよりもバカみたいな真っ直ぐさで一位を獲得できるかもしれない。

二番目の牛の代わりは「ゴールデンターキン」が良いと思う。ゴールデンターキンはウシ科の動物で中国三大珍獣といわれている。まずゴールデンという響きがおめでたい。そして神話に出てきそうな黄金色の毛並みと、岩場に立つ姿が実に神々しい。ただ、メスの体から分泌される油分が独特のにおいを放ってくさいと評判である。

三番目の虎は見栄えも良いので正直変える必要もないのだが、折角なので「マヌルネコ」にしようと思う。ネコ科の中で最も古い種で、約六〇〇万年前にはすでに地球上に存在していたと考えられている。猿人のアウストラロピテクスより前からもふもふまるまるした可愛らしい姿で生きていたというのだから、日頃から猫にお世話になっている人類としては神扱いしても良いだろう。

四番目のうさぎ。ずっと思っていたのだが「卯《う》」は、音を聞いただけですぐに「うさぎ」だとわからないところが難点だ。なので「う」はやめて、「魚《うお》」にするのはどうだろう？　今のところ哺乳類ばかりなので動物園に経済効果が偏ってしまい、水族館から反発の声があがる恐れがある。ここらで魚類もいれておきたいところだ。

個人的に魚の中で見栄え・縁起の良さ共に満点だと思うのが「団子魚」だ。花見や月見に欠かせない団子はおめでたい食べ物。団子魚は赤・黄・緑・ピンクなどカラーバリエーションが豊富だ。干支になった暁には、あちこちでカラフルな団子魚スイーツが販売されて飲食業界も大盛り上がりだと思う。

五番目の竜。竜こそ水神として信仰されていて、見た目も格好いいので手放すのは惜しい。しかし、あまりにもチートキャラすぎて全体のバランスが悪くなるので、防御力に特化した「アルマジロ」にしようと思う。竜は「逆鱗に触れる」とも言うように、顎の下にある逆さに生えた鱗に触るとブチ切れて人を殺すという手に負えなさがある。対してアルマジロは、天敵のジャガーから身を守るために体毛が進化したという切実さに好感が持てる。もちろん災難除け・魔除けとして縁起が良い動物だ。

六番目の蛇。蛇はうちの母親が大の苦手なので、代わりに「チンアナゴ」にしよう。頭をやや傾けた姿が数字の「1」に似ていることからチンアナゴは縁起の良い生き物だと言われており、まさに一月のお正月にぴったりだ。カラーも白と朱色の二色展開でおめでたさ抜群なので、スーパーや商店街にチンアナゴの形の風船を飾ったら活気づくと思う。

七番目の馬。「物事が〝うま〟くいく」といわれる縁起のよい動物ではあるのだが、いかんせん土人形にしづらい。それでは思い切って「ＵＭＡ」はどうだろうか。先ほど竜をアルマジロに変更したことによって架空動物の界隈から苦情がくる可能性が出てきた。河童は商売繁盛のご利益があるしツチノコも神の使いと言われているので、干支にいれておいて損はないと思う。いつの時代もオカルトは人の心を惹きつける。

八番目の羊。羊は吉祥の象徴だ。しかし、あんなにふわふわで可愛らしいのに干支の濃いメンバーに入るとぼやっと霞んでしまう。ここはどうにかふわふわ仲間の「アルパカ」に頑張ってもらおうと思う。アルパカはペルーでラッキーアニマルとして縁起の良い動物だ。それに「パカ」という音の響きからはパカッと開く「開運」のイメージも期待できる。

さて、後半になってだんだん疲れてきた。きっと旧・干支を考えたチームも最初はどんどん意見がでたが、最後の方は「猿、鶏、犬、亥」と身近にいる動物をなんとなく当てはめていったのではないだろうか。竜を思い付いたときが最高潮だろう。私も「アルマジロ」あたりまではノリノリだったものの、今は惰性で続けている。もう一気に決めてしまおうと思う。

九番目　猿↓「パタスモンキー」霊長類最速といわれる時速五五キロメートルでサバンナを駆け抜けるスピード特化型。

一〇番目　トリ↓「エミュー」後退せずに前進する習性があるため、前進の象徴。ボンボンと太鼓のような音で鳴くところも何だかおめでたい。

一一番目　犬↓「フェネック」イヌ科の動物で砂漠の妖精。この世のものとは思えない天使。

一二番目　イノシシ↓「カピバラ」子ヤギに執拗に頭突きされても怒らない。平和の象徴。

さあ、完成した。最初から並べてみると、「テン」「ゴールデンターキン」「マヌルネコ」「団子魚」「アルマジロ」「チンアナゴ」「UMA」「アルパカ」「パタスモンキー」「エミュー」「フェネック」「カピバラ」。人気の動物からマイナーな動物、攻撃・防御・スピード系までバランスよく配置できた気がする。リズム良く「テンゴール、マヌ魚アルチンUMAパカ、パタエミュフェネカピ」と唱えて覚えてほしい。

動物について詳しいかのように述べている知識は、もちろん図書館で借りた本とインターネットの受け売りである。本の返却期限が切れてしまった翌日、開館する前の朝八時半に慌てて自転車を走らせた。図書館の入口脇の返却ポストに返せば図書館員さんと顔を合わせずに済むからである。ちゃんと怒られただけ、物知りじいさんの方が偉いと思う。

人間を丸呑みできると過信するペリカンの精神でいこうな

テン

ゴールデンターキン

マヌルネコ

団子魚

アルマジロ

チンアナゴ

UMA

アルパカ

パタスモンキー

エミュー
フェネック
カピバラ

たのしいおせち

正月には崎陽軒のシウマイ弁当を食え、というのが持論だ。なぜならシウマイ弁当特有の俵形のごはんは「五穀豊穣」、シウマイはひき肉が入っているので「粘り強い」、たけのこの煮物は「立身出世」、切り昆布は「よろ昆布」、かまぼこは「日の出」の形、鶏のからあげは「運をトリ込む」、あんずは「案ずることなかれ」。どこを切り取っても縁起の良い完璧弁当だからである。値段は一〇七〇円(税込)。おせち・別の名を高級ダジャレ弁当と比べると、帰省の交通費や手土産、お年玉のおかげでペラペラになった財布にもやさしい。何よりめちゃくちゃうまい。

そして新たな持論が加わった。おせちは読み物である。きっかけは秋頃、郵便局に行った際に手に取ったおせちカタログだった。初めて読んで、これほどおもしろいフリーペーパーはなかなかお目にかかれないと感激した。さすがは郵便局。なぜかアパ社長カレーを売っているのは有名だが、他にも「鈴虫販売中」「全国カレー祭り」など気になる情報が多すぎていつも窓口で待っているあいだ不審者のようにキョロキョロしてしまう。これまでおせちカタログをスルーしてきたのは勿体なかった。

毎年おせちと親しんできた方にとっては何を今更と思われるかもしれないが、今のおせちってこんなにも美味しそうなのかと驚いた。なんてことはない顔をして豚の角煮や骨付きフランク、牛タンが入っている。おせちは食が進むものが入っていないイメージだったのだ。野菜も旧来の「見通しがきく」レンコンや紅白なますだけでなく、ドライトマトやエリンギ、アボカドもある。おせち界って縁起しばりだと思っていたけれどどこんなにフリーダムな場所だったのか。

しかし考えてみると、ドライトマトはにんじん以上に紅色だ。エリンギはよく見ると「縁起」の字が入っている。アボカドは種を水につけておくと「芽が出る」から縁起が良いっちゃ良い気もする。こうなってくると、全く縁起とは関係ないのにしれっと紛れ込んでいる食材を見つけ出したくなってきた。おせちカタログは間違い探しとしても遊べるのだ。

目を凝らしてカタログを探すと、怪しい奴を見つけた。ヤングコーンよ、お前は間引きのためにとうもろこしの実を若取りしたものだ。「若い芽を摘む」むしろ縁起が悪い気さえする。グーグル検索しても、「ＡＩによる概要」で縁起に関する情報はありませんと出てきた。いや、待てよ。よく見れば末広がりの形と言えなくもない。こじつけるとどれもこれも縁起が良く思えてきて、結局間違いは見つけられなかった。

それから近所を回っておせちカタログを集めることにした。セブンイレブン、ローソン、ミニストップ、ファミリーマートはすぐに集まった。ナイスアイデアだと感心したのはミニストップだ。最初のページを捲ると原寸大のおせちの写真がドーンと出てくる。切り取ってポスターとして飾りたいくらいだ。

やりにいってるな、と思ったのがファミリーマート。「背徳おせち」「欲望おせち」と称したおせちを並べて「あなたはどっち派?」と煽っている。ファミリーマートは「おにぎりは正統派VS個性派」「アイスはしゃり派VSクリーミー派」みたいな対立構造をすぐやってくるのだ。

コンビニだけでは飽き足らず、近所で特にお惣菜レベルが高いと思うスーパー「ライフ」と「サミット」にも自転車を走らせた。どちらもクリスマスケーキとおせちの両開きカタログだった。ライフのカタログはそれぞれのおせちに「慶雲」「高砂」「平安絵巻」「八坂」「小袖」と雅びな気分になるタイトルが見やすくデザインされていて、そうそうこういうのを求めていたのだと嬉しくなる。

また最後の方のページには控えめに「ララピーのわくわくおせち」が載っていた。お重の蓋に『もののけ姫』のコダマにハート型の耳と尾がついたようなキャラクターが描かれている。「みんな大好きライフオリジナルキャラクター『ララピー』がおせちになりました」と書いてあるけれど、ちょっと存じ上げなかった。ライフのサイトを調べると、ララピーはハッピー族の妖精で好きな食べ物はライフの中にあるパン屋さん「小麦の郷」のミニクロワッサンとのこと。ミニクロワッサンを食べるララピーを想像すると、途端に可愛く思えてきた。

そういえば郵便局のおせちカタログには、重ねるとモンスターボールになるお重に入った「和洋二段ポケモンおせち」が売られていた。お子様も喜ぶロールケーキやブルーベリー餅入りだ。こんな強敵にララピーは太刀打ちできるのかしら？　もっとララピーの魅力を全面に打ち出して見開きで大きく掲載してくれればいいのに。せっかく特典で付いてくるララピートートバックも、キャンパス地に淡いピンクの単色刷りが災いして絵柄が見えづらい。この世に一つも注文されないおせちってあるのだろうか？と不安になった。

恐る恐る「ララピー　おせち」とSNSで検索すると、少なくとも二〇二〇年〜今年まで注文した人の投稿が確認できたのでホッとした。しかも衝撃事実が判明した。ララピーはピカチュウを手がけたキャラクターデザイナー・にしだあつこさんがデザインしたものだったのだ。私の目はふし穴であった。おまけに「ララピーのエロ同人」なるパワーワードも見てしまったが、この話は広げないでおこう。

サミットのカタログで注目したのは、日本ロングライフ監修「やわらかいおせち」だ。個人的な好みだけれど「うまいたれ」「ちょうどいい牛乳」「すばらしい麦茶」など、この手の商品名が好きで見つけると嬉しくなる。お重の中にはやわらかかまぼこ、やわらかごぼう、ソフト伊達巻、やわらか海老の艶煮。硬いものが食べられない人も一緒に味わうことができる、なんて優しい世界なんだ。

和洋中、何でもありなおせちを見ていると自分でも新しいおせちを考えたくなってくる。ふと「インドおせち」はどうかと思いついた。以前南インド料理を食べに行ったときの、小さなカトリがいくつも並んでカレーやアチャール、おからやヨーグルトが入っているのが印象に残っていた。品数が多いのでお重に詰めたら今にもおせちになりそうだ。この斬新なアイデアはまだ世にないのでは、とニヤニヤしながらグーグル検索してみると人気インド料理店「ゼロワンカレーA.o.D」がすでに出していた。ベジの段、ノンベジの段と分かれておりビリヤニやミニバターケーキも入っている。悔しい。やはり素人が考えることなんてすでに存在するのか。

意外に穴場なのでは？と思ったのが「アメリカンおせち」だ。よくアメリカ映画で見る、ステーキやロブスターを焼いて山盛りのマッシュポテトをベチョっと皿に落とすようなワイルドさと、繊細な美を重んじる和の世界は相入れない気がする。と期待したが、これもすでにあった。アメリカンローストビーフ専門店が贈る「ロウリーズのプライムリブおせち」。真空パックされた厚切りプライムリブとマッシュポテト、トリュフバターの瓶詰めやキャビアも入って贅を極めている。生意気言ってすみませんでした、こちらが食べたいです食べさせてくださいとひれ伏したくなった。

おせちのコンテストってあるのだろうかと調べると、紀文のウェブサイトに昨年開催された「紀文 中高生おせちアイデアコンテスト」のページを見つけた。紀文といえば、おせちカタログにミッキーマウスの蒲鉾が入ったディズニーおせちが載っていたのだった。コンテストには、アレンジおせちコースと未来のおせちコースの二種類のコースがある。

まずアレンジおせちコースの優秀賞は「おせち和Dreamパフェ」だ。パフェの底に伊達巻をちいさく切ったものが敷かれ、その上に黒蜜や干し柿、千枚漬けを細かくカットしたもの、てっぺんにホイップクリームと栗きんとんがそびえ立ち、黒豆や餅が添えられている。余ったおせちをアレンジするとしても刻んでちらし寿司にするのが相場だが、まさかパフェとは恐れ入った。

もう一つの未来のおせちコースには腰を抜かしそうになった。優秀賞「蓋の閉まらないおせち」。えっ、蓋って閉まらなくていいんだ……。ちくわを斜めに切って門松に見立てたものと、かまぼこを飾り切りでうさぎにしたものがお重からはみ出している。恐るべき天才の発想、完敗である。もう凡人が余計なことを考えるのはよそう。私にとっておせちとは読み物なのだ。


出世する未来を見せてあげられずごめんねハマチごめんねわたし

なんかいい

Xで「最近良かったニュース」が流行っているらしい。殺伐とした話題ばかりのSNSに一石を投じようと始まったもので、引用リポスト欄でそれぞれの良かった出来事を投稿していく。それにいいねを押し続けるとタイムラインが洗浄されるとのことだった。毎分のように新しいものが投稿されるので、一日に何度も見てしまう。

ざっと読んだ印象だけれど、現時点では「ほっこりいい話」の集まりのようになっていた。中にはレシートがゾロ目になった、野菜の切り口が顔に見えた、マシュマロを直火で炙ったらおいしかった、みたいな良い意味でくだらなくて微笑ましい投稿もあるのだが、特に最近のニュースではない東日本大震災、妊娠中や自死を考えていたときのエピソードもある。

主な内容をまとめると、仕事（接客）をほめられた・良い仕事（サービス）をしてもらった。店の張り紙に書かれた感謝の寄せ書き。保護猫が大きくなった。我が子のやさしさ・成長に感動。認知症の高齢者の喜ぶ顔。街で見かけた乳幼児・犬（を溺愛するおじさん）の行動。外国人との交流。男子中学生のわちゃわちゃ。おしゃべりマダムの粋な一言、など。

印象的なのは見ず知らずの人に親切にしてもらった、してあげた、するのを見かけたエピソードの多さだ。世の中にはこんなに親切が溢れていたのかと驚く。中には一連の投稿を読んだ人の「幸せな気持ちになれる」「涙が止まらない」「小さな波が世の中を明るく動かす」といった反応もあり、ある意味で性善説を信仰する民間宗教のような役割をしているのかもしれないと感じた。

キングオブコント２０２４優勝者・ラブレターズの決勝一本目のネタも、ひきこもりの息子の洗濯物から見つけた小さなどんぐりをきっかけに、コミュニケーション不全だった夫婦が対話を取り戻す話だった。息子が人知れず開設していた「ひやまどんぐりのどんぐりチャンネル」を発見して涙腺崩壊する夫婦。どんぐり笛で吹く「少年時代」は純粋さの象徴だと感じた。きっとひきこもらないと長所が消えてしまう繊細な息子なのだろう。それでも自分のできることを見つけて行動できるなんて逞しい。

夫婦のドタバタに大笑いしつつ、心が洗われるコントだった。

その後、コントのタイトルが「光」だったと知り、涙が出そうになった。きっと光を失った人々が求めるのは「ほっこり」と「洗浄」なのだ。私も世俗を捨てて避難場所を求めたくなるときがある。和尚の説法を聞く代わりにＳＮＳの投稿を読む「ほっこりすっきり教」と呼びたいと思う。

先日、武蔵小山の古道具屋さん「なおんど」に『家の神さま』という本の刊行記念展を見に行った。展示してあったのは個人がコレクションした民間仏・民衆仏と呼ばれるもの。神社仏閣に祀られたり国宝になるわけでもなく、民家で埃をかぶってきた木彫の素朴な神さまだ。『家の神さま』によると「それぞれの地域の大工や木地師、いささか心得のある素人の手によるものがほとんどであろう」とのこと。

中には大黒像や恵比寿像、狐や招き猫と一目でわかるお馴染みの神さまもいれば、狐に分類はされているもののプレーリードッグにしか見えない木片のような像もあった。最初はフォルムが特徴的な像に目が行くが、何周か見ていると煤けて摩耗している「なんかわからないけれどなんかいい」方に惹かれていった。わからないからメキシコや台湾の神だと言われても信じるだろう。それほど型にはまらない原始的なパワーがある。よくぞ捨てられることなく残ってくれたと嬉しくなった。

おそらく「最近良かったニュース」に投稿するエピソードも、わかりやすく「幼児」「犬猫」「気の良いマダム」「シゴデキ店員」のモチーフを「親切ばなし」のフォーマットに従って整えたものの方が人の目を引く。しかし、「なんか良かった」エピソードの欠片を投稿しようと試みたものの、うまく形にならず消去した人も大勢いたと思う。言葉はどうしても整えなくてはならず、整えられた言葉は「ほっこりいい話」に吸収されやすい。むくむくと巨大化した「ほっこり」は大衆に祀り上げられ、ありがたがられる。それでもわからない欠片も捨てずに守っていれば、きっと固有の神が宿るはずだ。たったひとりの支えになってくれるような。

「シゴデキ」や「親切」とは縁遠い私でも、「なんかわからないけれどなんかいい」と感じるものならいくつか思い浮かべることができる。例えばハードオフの店先で見かけたペッパーくん。もう機能していないらしく、電源は切れて体は斜めに傾いている。胴体に液晶パネルが付いているにもかかわらず画面は真っ黒で、首からは「ニンテンドウ64ソフト買取強化中！」と書かれたホワイトボードをかけられていた。高性能ロボットにとってはさぞ屈辱的だろうと思う。それでも救いだったのが、隣に駐車禁止の紙を貼ったカラーコーンが寄り添っていたことだ。我が街の携帯ショップにいるペッパーくんも同じく機能しておらず、邪魔にならない柱の陰に置かれてガクンと項垂れている。こうして店頭に立ち、カラーコーンと共に自分にできることを頑張っているペッパーくんが見られて嬉しかった。

街の掲示板によく貼ってある「秋の火災予防運動」のポスターも個人的に「なんかわからないけれどなんかいい」と思っている。タレントの河北麻友子さんが女性警察官の姿で、何故かサインの入った消化器を構えている。そして消火器から撒かれた花火のような光が、都庁やコクーンタワーらしき夜景に降り注ぐ。金色の「秋の火災予防運動」の文字フォントからは、ディズニーの『ファンタジア』の画像を見せられて「こんな感じで」と注文されたデザイナーの苦悩が想像できた。

意地の悪い見方をすれば、何かにブチギレた河北麻友子さんが魔法の力を得て、笑顔で火の粉を降らせて東京を終わらせるストーリーが浮かんだ。なんかわからないけれどなんかいい。ゴジラの破壊シーン好きとしては、もっとブシューっとやっちまえ！と応援したくなった。

『家の神さま』の展示を見た帰りにもニュースとは言えないけれど「なんかわからな

いけれどなんかいい」瞬間があった。会場近くの武蔵小山パルム商店街は東京で最も長いアーケード街で、その先にある戸越銀座商店街は東京一長い商店街らしいと知り、せっかくなのでSとウォーキングがてら歩くことにした。進んで行くとありとあらゆるファストフード店や飲食チェーン、一〇〇円均一、ドラッグストア、リサイクルショップが並んでいて、この世の全てを集めた場所に思えた。自転車やリクルートスーツ、家具や仏具まで揃い、生まれてから死ぬまでの一生を表したテーマパークみたいだった。実はループしていて出口がないんじゃないか。ここにいる人は何かの実験でこの空間に一生閉じ込められているんじゃないか。そんな妄想がはかどったのは黄昏時のせいだろう。

さっきまでクリスマスソングが流れて賑やかだったはずが、いつの間にか寂しい懐メロに変わっていた。人もあまりいない。私は商店街の膨大な情報と既視感からどっと疲れてしまい、足が進まず隣にいたSの手を取った。普段手を繋ぐことなどないのだが、拒否されなかったのでそのまましばらく歩いた。まるで時間の流れが狂って一気に老夫婦にでもなったみたいだった。でもまあ、あとは死ぬのを待つだけというのも案外悪くないなと思ったのだった。

隅々まで味わい尽くしたい犬がずるずる引きずられていく道

ワイン祭り

Sから、近所のスーパー・オオゼキにてワイン祭りが開催されるという情報を得た。大盆栽祭り、ケチャ祭りなど今年はいろいろな祭りに出掛けてきたが、ワイン祭りというのもなかなかオツである。

オオゼキに到着すると、既に店先には人だかりができていた。祭りという響きからワインの飲み比べができたりソーセージやチーズが食べられたりするのかと期待したが、要は大売り出しだった。チラシをもらって少し離れた場所で見てみると、二〇〇〇円前後のワイン三六種類が全て六九九円均一とのこと。裏面には一本一本のワインについて、バイヤーのおすすめ度や国、品種や説明の一覧が書いてある。

試しに一番上のワインの説明を読んでみる。「輝きのあるルビーカラーの外観に、新鮮なプラムやブラックカラントなどの果実の香りにほんのりチョコレートや木と優しいスパイス、バニラを感じます」なるほど。木?ってのがちょっと気になるがまあいいか。「優しいスパイス」はシナモンだろうか。

さらに説明は続く。「フレッシュなブラックカラントやブルーベリーの味わいに、トーストフレーバーのニュアンスが監視られます」ん? ブラックカラントって何なのか知らないけど、さっきも言ってたよね。トーストフレーバーって食パンのトーストの香りってこと? 「監視られる」っ「感じられる」の誤植? 頭の中のハテナが許容量を超えてくる。

それにしても、ワイン一口で多くのニュアンスを感じすぎではないか? 短歌も短い言葉の連なりからニュアンスを楽しむ芸術だけれど、ワイン界のニュアンスっぷりといったら凄まじいものがある。ニュアンスを嗜む者として、今までワインの世界に触れてこなかったのはもったいなかった。

他のワインを見てみても、「スミレのニュアンス」「アカシアのはちみつのニュアンス」「溢れる果実のニュアンス」「りんごの花のニュアンス」と様々なニュアンスが登場する。ワインを正しく味わうには今まで生きてきた中でどれだけ多くのニュアンスを感じてきたか、人生経験が問われるのだ。そういえば三木聡監督の映画『転々』の中に「つむじから崖の匂いがする」と言うシーンがあり印象に残っている。「崖の匂い」と聞いてもいまいち想像できなかったが、「崖のニュアンス」と言われたらこれまで観光地やテレビドラマの映像で見てきたさまざまな崖の記憶とつむじとがうっすら結びついて、確かにそうかもしれないと納得できそうだ。

他にも「庭のベリーを思わせる」「チャーミングなチェリーやラズベリーを思わせる」など、「思わせ系」の表現も詩的で味わい深い。例えば「小学校のウサギ小屋を思わせる」「宇宙の神秘を思わせる」など、どこら辺までなら思わせても良いものなのだろうか？　ワインに詳しい人がいたら聞いてみたい。

「三〇〇年以上キアンティを造り続けてきたキアンティの代名詞ワイナリーのカジュアルキアンティ。って早口言葉みたい」「あはは、サンジョヴェーゼにカベルネやメルローをブレンド、って何言ってるか全くわからなくておもしろいね」とチラシを見ているだけで楽しくなってしまった。

人だかりに混ざりに行くと、この辺りではあまり見かけない全身クリーム色の服を着た「〜ざます」と語尾に付けそうなニュアンスのマダムが、若い男性店員に「これって美味しいの〜？　おすすめどれ〜？」と話しかけていた。店員さんも「こちらは樽の匂いが許せるかどうかですね、この辺りは飲みやすいですよ」と立派に応戦している。花を弄ぶ蝶々を思わせるマダムは「う〜ん、これは万人が好きなやつよね。じゃあこっちは？」と質問責めにしている。私は心の中で、（ここは伊勢丹じゃないよ。あんまり突っ込まれても困るよ、昨日の夜頑張って覚えてきたんだよ）と勝手に店員さんに感情移入して応援していた。

見ると隣のおじさんはカゴにワインを五本も六本も入れている。これは負けていられないと物色中のSに「チラシの上の方の原価が高いワインは既に売り切れで、この辺は飲みやすくて人気らしいよ」と店員さんから盗み聞きした情報を伝える。これまで我が家ではペットボトルタイプのワインやチリワインなど、スーパーで二番目くらいに安いという基準で選んできた。けれどここでは並んでいるワイン全て六九九円なのだ。選択肢を与えてもらえるってこんなに嬉しいのかとテンションが上がる。Sは万人が好きなやつの白、私はバイヤーのおすすめ度★六つのオレンジワインを選び、調子に乗ってベビーチーズのプレミアムピスタチオ味も買った。マダムはアスパラガスやら気の利いた感じの野菜を買っていた。

初めてのワイン祭りを堪能してほくほくした気分で家に帰ると、郵便受けにオオゼキの来週の特売チラシが入っていた。Sは「えっ、さっき会ったばっかりなのに、帰ったらお便り入ってるじゃん！」と感激している。アフターサービスまで行き届いているとはさすがオオゼキ。ワインはクリスマスに開けようねと嬉しい約束が増えたのだった。

クリスマスといえば、ワイン祭りの数週間後に麻布台ヒルズのクリスマスマーケットにも行ってきた。クリスマスマーケットにはソーセージやプレッツェルなどドイツ風の屋台が出ていて、「グリューワイン」というスパイスや果物入りのホットワインを飲むのが定番らしい。当初私の求めていたワイン祭りの上級版だ。

しかし、麻布台ヒルズは全身クリーム色のマダムのような人々の場所。広場には人工の小川が流れ、エルメスの路面店がゴールドに輝いている。今度は我々がアウェイになる番だった。マダムたちは大きなプードル犬を連れて散歩し、若い女性やカップルが屋台の行列に並ぶ。ざっと見た感じではグリューワイン一杯はオオゼキのワイン約一本分、食べてみたかったタンシチューやフィッシュアンドチップスは二本分のお値段で早々に飲食を諦めた。Sは隣で興味なさそうに携帯ゲームをしながら「仮初めのクリスマスに群がる下々を、ヒルズの住人が見下ろしてるよ」と言っている。

しかし、仮初めの中にも本場のクリスマスを感じられる屋台もあった。ドイツ・ローテンブルクに拠点を構える伝統的なクリスマス用品専門店「ケーテ・ウォルファルト」だ。職人の手によって作られたサンタクロースや動物たちの木製オーナメントがずらりと並び、民芸品好きとしてはたまらない空間だった。その精巧な技術や色使いの素晴らしさは日本のこけしに近いものを感じる。

Sは「飾りを買っても、家に松がないよね」と、もみの木のツリーのことをずっと「松」と言っていた。しかし、ツリーはなくともケーテ・ウォルファルトとの出会いを残しておきたかったので、なかなかのお値段だったが茶色いセーターを着たスノーマンのオーナメントを一つだけ購入した。スノーマンの頬を赤らめた素朴な顔を見ていると、憂鬱のカケラもなかった子どもの頃のクリスマスの輝きが感じられるのだ。

今年もパーティーもなければデートもプレゼントもない、いつも通りパートと制作と家事に追われるクリスマス当日になりそうだ。それでも、壁に画鋲で引っ掛けられたスノーマンのオーナメントとオオゼキのワイン。これさえあればクリスマスのニュアンスは十分味わえるに違いない。

「大丈夫」の大売り出しだ大丈夫みんなの分ちゃんとあるからね

ギリハッピー

「小学生の流行語ランキング二〇二四」を眺めている。年末の帰省で姪っ子に会うかもしれないので、多少予習しておいた方が良いだろうと思ったからだ。予習したからといっておそらく話題に上ることはないだろう。会話というのは猿の毛繕いと一緒。敵ではないと思わせるグルーミングであり、ノリを合わせる音ゲーだと思えば良いというのは学習している。しかし、音ゲーが苦手な人間としてはちょっとでも世の人々のリズムに慣れておきたいのである。

パッと目についたのが、ランキング第四位「まいたけまいたけぐるぐるぐる」だ。調べてみると、時間を巻きたいときに「余った時間でなにしよう！　あそれ！　まいたけまいたけぐるぐるぐる♪」と唱えながら踊るらしい。「儒烏風亭らでん　まいたけダンス」でYouTube検索すると元ネタや関連動画が出てきた。童謡の「いーとーまきまきいーとーまきまき♪」と同じ要領で腕を回転させる振り付けが可愛らしい。

時間を巻きたいとき、例えば連れションをしに行って友だちが出て来るのを待つあいだなんかに踊っているのだろうか？　あるいは気が遠くなるほど校長先生の話が長いときにひとりが踊り出すとその思いが皆に伝わって、まいたけストライキに発展する様子を想像した。ぜひ自然と踊りが生まれる瞬間を目撃してみたいものだが、公園や校庭を覗いていたら不審者だと疑われることだろう。

個人的に「まいたけまいたけぐるぐるぐるぐる」に魅力を感じるのは、舞茸を選んだセンスだ。もし自分が「時間を巻く」と聞いたらまずは海苔巻きや昆布巻きなどの巻物を連想する。その方が「ぐるぐる」にも繋げやすい。しかし、「まいたけ」の方が「巻いとけ巻いとけ」と煽る感じが陽気だし、「あっぱれ」や「かっぽれ」に近い音の響きも気持ちが良い。舞茸は山奥で見つけた人が舞い上がって大喜びしたから「まいたけ」と呼ばれるようになった説、舞を踊る扇子の形に似ていたから名付けられた説などあって縁起が良い食材だ。

縁起の良さと「あそれ！」の掛け声も相まって、先日行った酉の市を思い出した。酉の市では縁起熊手を購入した客に対して、売り子たちが景気の良い掛け声で盛り上げてくれる。「家内安全商売繁盛ますます繁盛、よー！　それそれそれそれそれそれ×3それそれっせっせ！」と男衆の声が合わさるとホストクラブみたいですごい迫力だった。舞茸と縁起熊手は形も似ているし、もし彼らが熊手が売れない時間などに「まいたけまいたけぐるぐるぐるぐる」を踊っていたら、さぞ似合うと思う。「あそれ！」は、今も昔も変わらず日本人の魂に刻み込まれたリズムなのだ。

もう一つ注目した流行語が第一〇位の「ギリハッピー」。ヒップホップユニットKOMOREBIの「Giri Giri」という曲が発端で、悪いことが起きてもその分良いことがあったからギリギリハッピー、という意味で使われているらしい。まず素晴らしいのが「Giri Giri」のミュージックビデオだ。撮影の予定があるのに遅刻ギリギリに起床したシーンから始まるのだけれど、五人のメンバーが雑魚寝していたと思われる部屋が何ともリアルである。

飲みかけのペットボトルのお茶と酒瓶やたばこの箱、キッチンのひとり用の土鍋や流しに放置されたザル、ゴミ袋にパンパンのごみ、玄関に置かれたキャリーケース。映画『万引き家族』のセットほどの長年沁み込んだ生活感ではなく、早く寝れば良いもののギリギリ遅くまで飲んでいて寝坊してしまう、明日のことなど考えず目の前の今を生きる若者の生活感だ。

つい先日「ギリハッピー」な出来事があった。Amazon のブラックフライデーセールで買ったオーブントースターが届いた。古いトースターのパワーが落ちて餅が半焼けになってしまうので、正月に向けて買い換えたのだ。しかし、ちゃんとサイズを測ったはずなのにあと数ミリ、電子レンジの上のスペースに入らない。我が家の無印のスチール棚は冷蔵庫ギリギリの幅で、縦も横もちょっとでもはみ出すことは許されない。返品か？　こんがり餅よさらば。と諦めかけたが、一縷の望みを賭けて元々電気ケトルの置いてあったスペースに入れてみると横幅ギリギリで入るではないか。そして、どかした電気ケトルを電子レンジの上に置いたらギリギリ蒸気が出ても問題ないであろう高さに収まった。さらにはトースターの上には今まで入らなかった土鍋が入る。「ぷよぷよ」で思わぬ連鎖が起きて全消しできたときのようなスッキリ感だ。まだ炊飯器を開けると天板に蓋がガコ～ンと当たる状態ではあるのだが、いつの日かぴったりの炊飯器を購入した際のハッピーへの伏線だと思うことにしている。

キッチンでは事件が起きやすい。この前も雑穀ご飯の素のチャックがちゃんと閉じておらず、こてんと倒れた拍子にズザーっと中身が出てきて思わずあぁ～！と叫んだ。

業務用みたいな大きな袋で、買って間もないので半分以上残っている。雑穀ご飯の素は、床にこぼしたら嫌な食材ランキング上位ではないだろうか。だって元々が鳥の餌みたいな見た目なのだ。

けれど落ちたからといって全部捨てるのはどうしても悔しい。結局なるべく床に触れていない上澄みの方を拾って、鍋で茹でて一食分ずつ冷凍保存することにした。茹でればゴミや埃は浮いてくるような気がするし、熱と冷凍の力でダブル殺菌できると思ったのだ。効果は不明だが、小分けしてラップで包んでいたら自分が丁寧な生活を送る人間かのように錯覚して荒ぶっていた精神が落ち着いた。おかげで小豆はぶよぶよになってしまったし、ご飯を食べていてこれは本当に雑穀なのか？という思いが脳裏をよぎるのは気持ちが良いものではない。かなり不幸寄りではあるけれど、おそらく栄養は摂れていると思うのでギリハッピーということにしておこう。

酉の市に行った日にもギリハッピーを感じる出来事があった。酉の市を見終わって目黒の街をしばらく歩いていると「肉まん」の赤い看板を発見した。吸い寄せられるようにショーケースの前に立つと、老舗の専門店だけあって結構なお値段である。サイズも大きいのでSと半分こしようと「五目肉まん」を一つ購入し、熱々で割るのが難しかったので交互に食べることになった。ガブリ、ガブリと代わりばんこにかぶりついたがまだ具に到達しない。そのときにSの放った「届かない幸せってあるんだね」という一言にハッとした。

「ギリハッピー」と「届かない幸せ」、本来幸せとは言えない状況の中にもささやかな幸せを見出していこうという精神が通じる気がする。「届かない幸せかあ、なんか深いね……」と意味を噛み締めている隙に、Sにエビの入っているところを持っていかれてしまった。いい大人なのだからケチケチしないで二つ買えば良いのだが「ずるい！　うずらの卵は私がもらうから」と文句を言いながら喧嘩にならないギリギリを攻め合うのもこれはこれで楽しい。五目肉まんの値段は七七一円。「七七七円にしたほうが縁起が良いのにね」と言ったけれど、これも「届かないしあわせ」の一つなのかもしれない。

四〇歳を目前にした今、届かない幸せばかりだ。大人になったらコミュニケーションを学習して実行できるようになり、コミュニティにも属して幸せが手に入ると思っていた。実際に大人になってみると、うまくやらなきゃと頑張っているのはバレるので難易度が上がる。子どもの頃の方が人見知りなりにもコミュニケーションが取れていた気がする。

でも考えてみればこんなエッセイを恥ずかしげもなく書けるのも、近くの人に読まれる心配が少ないからなのだ。遠くの誰かに届けば良いと思っている。きっと「ギリハッピー」と「不幸」のあいだに大した差なんてなくて、生活していたら嫌でも訪れる物事と「あそれ！」とノリでセッションするしかないのだろう。しかし小学生たちには、ぎりぎり小さな幸せなんて拾わなくても良いくらい全身でハッピーを謳歌してほしいと願っている。

ぽつぽつとハッピーエンドの伏線を拾っていたらここに来ました

「もう少し生きてみよう」を下手くそな輪つなぎにして貼り付けていく

寺井奈緒美（てらい・なおみ）

一九八五年ホノルル生まれ。愛知県育ち、東京都在住。歌人、土人形作家。二〇一九年に第一歌集『アーのようなカー』（新鋭短歌シリーズ／書肆侃侃房）、二〇二三年に短歌とエッセイ『生活フォーエバー』（ELVIS PRESS）を刊行。

©Naomi TERAI 2025 printed in Japan.　ISBN978-4-86528-467-6

おめでたい人

二〇二五年四月二十九日　第一刷発行

著者　寺井奈緒美

装画　犬ん子

装幀　名久井直子

発行者　小柳学

発行所　株式会社左右社
東京都渋谷区千駄ヶ谷三丁目五五 - 一二
ヴィラパルテノンB1
TEL　〇三 - 五七八六 - 六〇三〇
FAX　〇三 - 五七八六 - 六〇三二
https://www.sayusha.com

印刷所　創栄図書印刷株式会社